大阪で生まれた女

たこ焼きの岸本❸

蓮見恭子

角川春樹事務所

目次

大阪で生まれた女

たこ焼きの岸本 3

食べない理由

一

「今から焼くさかい、ちょっとお待たせするけどー」

たこ焼き鍋(なべ)に油を引きながら、岸本十喜子(きしもとときこ)は訪れた女性客の二人に声をかける。

「大丈夫でーす」

「中でお喋(しゃべ)りして待ってますから、ごゆっくりぃ。お邪魔しまーす」

からからと玄関の戸が引かれるのを聞きながら、冷蔵庫からキッチンポットを取り出すと、底からすくうように柄杓(ひしゃく)で大きく混ぜる。小麦粉と出汁(だし)、卵を溶いた生地は水分が多く、分離しやすい。かき混ぜた乳白色の液体をざあっとたこ焼き鍋に流し込み、点火した。

次に、穴の中にぶつ切りにした蛸(たこ)を一つずつ落として行く。蛸はたこ焼きの味を左右するから、住吉(すみよし)鳥居前商店街に店を構える鮮魚店、伊勢川(いせがわ)に色々と注文を付けて仕入れてもらっている。

続いて、天かす、青葱(あおねぎ)、みじん切りにした紅ショウガを全体にばらばらと振り入れる。

生地に火が通るにつれ、出汁の香りと湿気がふわあっと立ち上る。

「うわぁ、ええ匂(にお)いやねぇ」

「自分とこで作ると確かに楽しいし、子供も喜ぶんやけど、後片付けが大変やしなぁ」

蛸が焼ける音に混ざって、客の声が聞こえてくる。

十喜子の店に名前はない。

役所に提出する書類には「たこ焼きの岸本」と書いてはいるが、近所の住人は夫の名をとって「進ちゃんの店」とか、単に「たこ焼き屋さん」と呼ぶ。

店というのもおこがましく、通りに面した自宅の軒下を改造し、そこにたこ焼き鍋を置き、窓越しにやり取りする、いわゆる町のたこ焼き屋だ。元は夫が始めた店だが、亡くなった今では十喜子が主として切り回している。

季節は冬。

吹きさらしの中で待ちたくないのだろう。訪れた客は漏れなく、イートインを希望した。

「良かったら、百円でお飲み物をお出ししますけど」

女達はメニューを探している。

「とゆうても、冷たいお茶かコーラ、サイダーぐらいしか置いてません」

「うーん、お茶下さい」

「ウーロン茶やけど、二人ともそれでええかしら？」

「はーい」

オーダーを終えると、女性客二人は早速お喋りを始めた。子供を同じ幼稚園に通わせているらしく、幼稚園の先生や保護者の噂に、夫や姑の悪口と、話題は尽きないようだ。

「たこ焼きぐらい私でも作れるんやから、うちもこんな店にしてみよかしら」

「いやぁ、商売にしたら大変やで。子供を集めてたこパするぐらいが、気楽でええわよ」

十喜子は「その通り」と、小さく呟く。

「でも、お店やってみたいんやわぁ。わざわざ店舗を借りるのは大層やけど、自宅の一部を店にするんやったら、気軽に始められそうやん」

黙って聞いていれば、好きな風に喋っている。

進は、いずれ店舗にするつもりで一階の一部を土間に改造していた。そこに十人は座れる大テーブルが置かれており、長らく十喜子の食卓と事務机を兼ねていた。この度、イートインにするにあたって、その大テーブルの上を片付け、土間のあちこちに置かれた生活感漂う日用品を一箇所に集め、パーテーションで隠した。

とは言っても、たこ焼きは庶民の食べ物。洒落た店にする必要はない。欄間の彫刻や、繊細な模様が入った型ガラスなど、昭和初期に建てられた家の造作を楽しんでもらえばと思い、花なども敢えて飾っていない。

たこ焼き鍋の中では、焼けた生地がぷくっと膨れ出していた。

頃合いと見て、十喜子は千枚通しを手に取った。そして、たこ焼き鍋の四隅の生地をたたむように剝がし、穴の周りを千枚通しで四角く切って行く。

切った部分をたくし込むようにして生地を回転させると、後は一定の動きで転がしながら焼いてゆく。かりっと焼け、回転させた時に生地が一瞬、膨らむようになれば完成だ。

ここまで準備しておいて、冷蔵庫からウーロン茶のペットボトルを取り出す。季節を考えたら温かい飲み物だが、火傷しそうに熱いたこ焼きには、断然冷たい飲み物だ。

進が自作した黒い三角形の皿にたこ焼きを盛り、グラスのお茶と一緒にテーブルまで運んだ。

「お待たせしましたぁ。めっちゃ熱いから、火傷せんといてね」

「うわぁ、美味しそう！」

「ええ匂い！」

女達はお喋りを中断し、楊枝入れから爪楊枝を二本取り出した。

「あつつっ！　美味しっ！」

「湯気まで美味しい！」

たこ焼きを楊枝で割り、立ち上る湯気の匂いを嗅いでいる。

たこ焼きは爪楊枝一本で突き刺し、丸ごと食べるものだが、若い世代は二本使いにして落とさない工夫をしている。

「うわぁ、ふわふわ。幾らでも食べられるわ」

「ビールが欲しなるねぇ。ここ、お酒は置いてないんですか？」

十喜子は笑顔で応対した。

「すみません。生憎お酒はお出ししてなくて……」

昼間からビールかと呆れたが、生前の進も明るいうちから酒を飲みながら蛸を焼くという、適当な接客をしていたのを思い出した。

「私はビールよりハイボールが好きやな」

「ソース味に炭酸、ええよなぁ。こないだお好み焼きにスパークリングワインを合わせてんけど、なかなかイケたよ」

「しまった。お茶やなくてサイダーにしたら良かった」

ウーロン茶を飲みながら、酒談義を交わしている。

女性客達が出て行った後、後片付けをしながら、店の先行きについて、あれこれ思いを巡らす。

近くの住吉鳥居前商店街の協同組合理事長を務める辰巳に乗せられて、新しい店を出す決意をしたのは、昨年の夏。だが、そんな折に孫の嵐を預かる事になった。計画は一旦中断し、代わりに先月から「中で食べられます」と表に貼り紙をして、イートインのお試し期間中だ。

気が付くと、手元が暗くなっていた。

時刻は午後五時になろうとしていた。日が短い季節は、夜が長い。

十喜子はエプロンを外すと表に出た。西の空に広がった雲が、所々オレンジ色に染まっている。吹きすさぶ風に震えながら軒先にかけた暖簾を外し、床几を屋内に取り込んだら、

「閉店しました」と札をかけた。

　そして、「地域の暮らし見守り隊」とロゴが入ったウィンドブレーカーを羽織ると、財布とデジカメ、エコバッグを入れたトートバッグを手に取った。

「今からお迎え？」

　玄関を施錠していると、買物帰りの加茂（かも）さんと出くわした。隣の家に住む、七十代の女性だ。進との結婚を機に、この地に移ってきた十喜子とは、かれこれ三十年ほどの付き合いになる。

「その前にちょっとパトロールして、そのまま保育所へ行くつもり」

「偉いなぁ。せやけど、人の面倒ばっかり見てんと、自分も大事にしいや」

　そう言いながら、「これ、お孫さんに食べさしたって」と、パンが入った袋を差し出した。

「ありがとうございます。小麦粉のええ匂いがするわねぇ」

　パンの袋の中を覗（のぞ）き込み、焼き立てのパンの香りを嗅いだ。クロワッサンと拳（こぶし）の形をしたパン、表面に砂糖をまぶした、スティック状のパイが入っている。

「最近、近くに出来たパン屋さん。美味しいて評判やさかい、行って来た」

　阪堺（はんかい）線の東粉浜（ひがしこはま）停留所に行く途中にある、小さな店だと言う。

「女ばっかり、親子三世代でやってるパン屋さんや。羨（うらや）ましいなぁ。うちでは考えられへん」

加茂さんと同居している娘の幸代は、塾で英語を教えている秀才で、話しかけてもニコリともしない、ちょっと取っつきにくいタイプの女性だった。

「何で、あんな娘になってしもたんかなぁ。私も孫を抱きたいわぁ」

複雑な心中を誤魔化すよう、十喜子は笑った。

孫もたまに会うから可愛いのであって、親代わりに面倒を見る立場になれば、それなりの気苦労はある。

それに、仲が良さそうに見えても、親子三代が始終一緒にいれば息が詰まる時もあるだろう。辛抱している事もあるはずで、それらを乗り越えて、彼女達は力を合わせているのである。

「他所は他所。うちはうちですよ。隣の芝生は青い……って言いますやんか」

自分への戒めも込めて、加茂さんの愚痴をやんわりとかわした。

「まあな。ほな、気ぃ付けて」

加茂さんに送り出される形で、南へと歩を進めた。

日課でもある朝晩のパトロールは、この辺りに住む子供達が通う小学校の校区で行う。

朝と夕方に一度ずつ、後は客が引けたタイミングで見回るから、特に時間は決めていない。

その際には「見守り隊」のビブスやジャンパーを身に着け、ただの散歩ではないのだと、周囲に認知してもらっている。

　いつものルートを歩いて、阪堺線・細井川停留場の踏切を越え、長居公園通りへと出て、通学路を暫く歩いたら、適当な場所で引き返す。不審者は見当たらず、普段と何も変わりはなかった。

　その途中でお腹がぐぅと鳴ったから、トートバッグに入れておいたパンの袋から、シュガースティックを取り出した。細長い棒状のパイを端から齧りながら、今日は朝御飯を食べ損ねてしまい、中途半端な時間に売り物のたこ焼きを摘んだだけだったのを思い出す。

「人の面倒ばっかり見てんと、自分も大事にしいや……か」

　孫の嵐を預かったのは、新年度が始まる前だから、もう八ケ月になる。

　高校生の頃に家出をし、そのまま消息を絶っていた一人息子の颯が、昨年の夏にひょっこり戻ってきた。それだけでなく、一歳半になる子供まで連れていた。

　ずっと東京で暮らしていたと言うだけで、「子供の母親はどうしたのか？」という十喜子の疑問に答えないまま、颯はずるずると居続け、そこに妻の菜美絵が現れた。菜美絵は、これまで十喜子が住む世界にはいなかったような、想像を絶する女性だった。

　その三年前に、十喜子は長年連れ添った夫の進を亡くしていた。

　一人で静かに暮らしていた日々に突然、爆弾が投げ込まれたようなもので、進は今頃、あの世で腹を抱えて笑っているだろう。

我ながら思い切ったと思う。

十喜子にも育児の経験があるとは言え、さすがに二十代の頃と同じという訳にはゆかない。当時は、颯の夜泣きで一睡もできないまま仕事に出たり、一日働いた後で夕飯の買物をし、その足で保育所まで迎えに行ったものだ。前籠に夕飯の食材が入ったビニール袋を入れ、ハンドルに取り付けた椅子に颯、後ろの籠には保育所で出た汚れ物を積み、猛スピードで自転車を走らせ――。

若さと体力があったから出来た芸当で、とてもじゃないが、同じようにできない。

情けない事に、今は自転車を使わず、徒歩で嵐を送り迎えしている。確かに荷物が多い時には難儀するが、「大怪我をするよりマシ」と、自分に言い聞かせている。

やがて、行く手に阪堺線の踏切が見えてきた。

長居公園通りを折れて北へ向かい、住吉大社の東大鳥居をくぐる。武道館、卯の花苑、御田を眺めながら境内を歩き、表参道の西大鳥居を出たら、目の前に阪堺線の道路併用軌道が通っている。

嵐が通う保育所はさらに北、東粉浜の住宅街の中にあり、人と車が行き交う生活道路を縫って歩くうちに、黄色く塗られた看板が見えてくる。

低い塀に囲まれた敷地の、門扉の傍らには小屋があり、七十歳には届いてなさそうな男性に入園証明書を見せて、中に入れてもらう。

園庭を横切って、コの字形に立てられた平屋建ての、手前の教室に足を向ける。二歳児がいる部屋だ。

嵐は滑り台で遊んでいた。

一番高い所で座ったまま、嵐がなかなか滑ろうとしないので、後ろに並んだ子供が癇癪(かんしゃく)を起こしていた。

「嵐くーん、早くどいたげてー」

保育士が、可愛らしい声を張り上げる。二歳児クラスの担任、鶴川(つるかわ)先生だ。扉の隙間(すきま)から覗いていると、彼女が気付いて「おばあちゃんが来てくれたわよー」と再度、嵐に声をかけた。

嵐はぱっと顔を輝かせると、一気に斜面を滑り降り、こちらに向かって駆けてきた。

うちに来たばかりの頃は、まだよちよちと頼りなかった足付きが、随分としっかりした。とは言え、早生まれのせいか、同じクラスの子供達に比べて身体(からだ)は小さく、発育も遅い気がする。そのせいもあって、最初は保育所に行かせるのも心配だった。

だが、十喜子の心配をよそに、嵐はすぐに保育所に馴染(なじ)み、スプーンの使い方や三輪車の乗り方、ついでに悪さも覚えて帰ってきた。

嵐は十喜子に飛びつくと、一生懸命、今日の出来事を伝えようとする。

「おばーたん、あんなぁ、えっとなぁ……」

言いたい事がたくさんあるのに、言葉がすぐに出て来ず、それがまた可愛らしい。

「あ、岸本さん。ちょっといいですか？」

嵐にまとわりつかれながら、ロッカーから汚れ物を取り出していると、鶴川先生が話しかけてきた。

「嵐くん、今日も給食を食べてくれなかったんですよぉ」

髪をおさげにして、遠目には若く見えるが、年齢は十喜子とさして変わらない。

「はぁ、そうですか。何ででしょねぇ……。もしかしたら、そろそろ大人の言う事を嫌がる年頃かもしれませんねぇ」

保育士からは何度も注意を受けていたから、十喜子も自宅で給食と同じような料理を出すように努めていた。

ホイルに包んで蒸し焼きにした白身魚、薄味のクリームシチューや筑前炊き等々。やはり嵐の食は進まなかったが、時間をかければ、騙し騙し食べさせる事はできた。とは言え、保育所では嵐一人に手をかけていられない。

「来週、保育参観があるのはご存知ですよね？」

「はぁ、私も見さしてもらうつもりです」

「嵐くんのお母様、こないだの運動会にお見えになりませんでしたけど、やっぱり今回もお越し頂けないんでしょうか？」

ちょうど、颯と菜美絵は今週末に仕事で大阪に来て、その後は三日ほど十喜子の自宅に滞在する予定になっていた。

「一度、お母さんとお話をしたいんですけどもぉ」

上目遣いをされ、「聞いときます」と答えたが、保育所に菜美絵が現れたなら、きっと大騒ぎになる。だから、入園の手続きなども全て十喜子が引き受け、菜美絵が人前に出ずに済むようにした。

「気軽に考えてもらえばいいんですよ。何処のご家庭もお忙しいでしょうし、事前の申し込みなどもなく、当日のご都合で決めて頂けるようにしてるんです。お仕事の時間に合わせてお越し頂き、お帰りの時間も自由に。だから、是非……。あ、沙也加ちゃーん、お迎えよー」

タイミング良く他の園児のお迎えが来たので、その隙に教室を後にした。

――やっぱり、菜美絵さんにも関わってもろた方がええわよねぇ……。

確かに、菜美絵の仕事は特殊で、その外見に驚かれるだろう。だが、別に悪い事をしている訳ではないのだから、堂々としていればいい。

二

「奥さん、ちょっと表情が固いなあ。いっぺん『たこやきー』て言うてみて。はい、た・

こ・や・きー」

仏頂面の菜美絵に向かって、何とか笑顔を引き出そうとカメラマンが指示を出す。

だが、菜美絵の唇は一文字に結ばれたまま。

「そないに怖い顔されたら、いつまで経ーっても撮影でけへんがな。とっこはん……」

救いを求めるように、「フォトスタジオ住吉」のカメラマン兼店主が十喜子に視線を向けた。

茶色いしみが浮いた顔に鼈甲柄のセルロイド眼鏡、ベレー帽を被った店主は、お宮参りから始まって七五三、高校受験の願書やアルバイト先に提出する履歴書の写真まで、進の写真を撮影し続けてきた。だから、彼にとって颯は、親戚の子供のようなものなのだろう。

「結婚式を挙げていない息子夫婦の、結婚写真だけでも撮影したい」と十喜子が漏らしたのを何処からか聞き付け、「自分に撮らせて欲しい」と言ってきた。

大病して以来、仕事は店頭に置かれた証明写真機に任せ、たっぷりと年金を貰いながらゲートボールやカラオケ三昧だった店主は、長らく埃を被っていたカメラや照明を取り出してきて、老体に鞭打って今日の撮影に臨んでくれた。

「なぁ、とっこはんからも、奥さんに何とか言うてや」

痰が絡んだ声で懇願されたが、今はそれどころではなかった。

「何とかって言われてもなぁ……」

子供用の三つ揃いのスーツを着せられた嵐が、繋がれた手をふりほどこうともがいている。スタジオには高価な器材もあるから、ここで手を放すわけにはゆかない。

ついに、颯が口を開いた。

「おい、菜美絵。ちょっと笑うだけでええんや。写真ぐらい、ちゃっちゃっと終わらせたれや」

その言葉を聞くなり、菜美絵が吠えた。

「てめぇは黙ってな！」

そして、頭に被ったベールを閃かせながら素早く体勢を入れ替えると、一瞬のうちに腰を低く落とし、立ち上がりざまに下から腕を振り上げた。

胸元に逆水平チョップを叩き込まれた颯は、勢い余って後ろにひっくり返った。どすんっと重い音が響き、十喜子は「ひゃっ」と身をすくめた。ひっくり返った拍子に、颯は壁に背中を打ちつけていた。その振動で、脇の事務机に置かれていた古びたフォトフレームがバタバタと倒れる。

咄嗟に店主が三脚ごと支えたから、カメラは無事だったが、天井からぱらぱらと砂つぶまじりの埃が落ち、颯のタキシードの胸を飾っていたコサージュが、少し離れた場所まで転がって行った。

「菜美絵さん！　それ、借り物の衣装やから、汚さんとって！」

十喜子の言葉に、床に仰向けになった颯が咳き込みながら怒鳴った。

「おいっ！　俺より服の心配かい！」

「だからぁー、黙ってろっつってんだろーが！」

言うが早いか颯の右手首を腋の下に挟むと、菜美絵は身体を後ろに反らした。

「ひぎいいいぃいぃい」と颯が妙な声を出したから、嵐が大喜びで「きゃっ、きゃっ」と笑い声をあげる。

「ちょ、頼む！　やめてくれ……。肩が、肩が外れる！」

「カメラさん」

失神寸前の颯を解放すると、菜美絵が低い声を出した。

「これが自分の営業用の顔っすから、このままで構わないっす」

不貞腐れたような顔のまま言う。

ウェディングドレスをまとった菜美絵は、せっかく花嫁らしく清楚に仕上げてもらった顔に、眉毛とアイラインを書き足し、唇を毒々しい色で塗りたくってしまった。

おまけに、ヘッドドレスの飾りで隠された髪は、金髪を通り越して、真っ白に脱色されていた。

本当はリングに上がる時のマスクを装着して撮影したかったらしいのだが、十喜子が必死で懇願してやめさせた。

――やっぱり余計なお節介やったかなぁ……。

過ぎ去りし日の、進との結婚式を思い出す。

商店街の幼馴染達が前日に進を誘い出し、二日酔いになるまで酒を飲ませたせいで、危うく式を台無しにするところだった。その日の夜から行くはずだった新婚旅行も、「具合が悪い」と言う進のせいで、泣く泣く諦めた。

だから、息子が結婚する時には、妻となる女性に十分な事をしてやりたいと思っていた。それなのに、相手は結婚式にも新婚旅行にも興味を示さなかった。「今からでも式を挙げたら？」と援助を申し出たものの、「お義母さん、そのお金はご自身の為に使って下さい」と突っぱねられた。

「とっこはーん。ほんだら、今度は子供も入れて撮ろかー」

ようやく二人の撮影を終えたら、次は嵐を交えたスリーショットの撮影だ。店主はよろよろとした動きでカーテンの奥へと行き、何やら物を動かし始めた。

「颯、ほら……」

十喜子に指図され、不服そうに唇を尖らせた颯だったが、黙って店主の後を追った。そして、白い箱状の台を手に戻ってきた。

店主の指示で台を所定の位置に置くと、まずは颯に嵐を抱かせて、そこに座らせる。一方の菜美絵は傍に立ち、颯の肩に手を置くようにと言われている。

「あぁ、そないに肩をいからせんと、女らしいに、しゅっと立ってや。もう、睨(にら)まんとって……」

菜美絵のポーズが決まると、今度は嵐がグズり出した。店主がさっと右手を上げた。その手にはリングベルが握られていて、カメラを覗きながら、しゃんしゃんと鈴を鳴らし始める。

「ほ～ら、ぼん。おっちゃんの方、向いててやぁ。はい、ええよ、ええよー」

嵐が鈴の音に気を取られているうちに、撮影は滞りなく終わった。

今回は、菜美絵に笑えという指示は出なかった。鈴を振り回す店主の様子が余程、可笑(おか)しかったようで、にやりと笑みを浮かべていた。店主はその瞬間を逃さずにシャッターを切った。

撮影を終えた後は、近くの料亭へと急ぐ。大正時代に創業された豆飯で有名な店で、そこに商店街の親しい人達を呼んで、簡単な宴席を用意してあった。

「待ってたでぇー！」

二階の広間には、既に招待客が集まり始めていた。

「ひまわり」のママ・美千代(みちよ)が、「えらい、時間かかったやないの」と近付いてきた。今日のママは黒いワンピースにレオパード柄のトップスを重ね、胸元からは三重になったネックレスが覗いている。

「写真屋の店長も気ぃは達者やけど、もう九十やろ？　ちゃんと撮れてるんかいなぁ」

ママの脇から、八百屋が口を出す。

「写真屋て、もしかして『フォトスタジオ住吉』か？　あの、おっちゃん、デジカメとか使てへんやろ？　現像してみん事には、出来上がりは分からんのとちゃうか？」

「二人の写真、ショーウインドーに飾るんやぁゆうて張り切ってたけどなぁ……。十喜子ちゃん、保険かけて他所でも撮っといた方がええんちゃう？」

とてもじゃないが、そんな気力は残っていない。

「今日の撮影だけでも大変やったんですよ。これ以上はもう、勘弁して欲しいわ」

広間には住吉鳥居前商店街協同組合の辰巳龍郎を始めとした理事達など、招待客はほぼ揃っていた。あとは小久保製粉所の社長一家を待つのみだ。

「しゃあないなぁ、小久保はん。あれだけワタイが時間厳守やとゆうてきかしましたのに」

今日の辰巳は「食品日用雑貨のタツミ」と店名が入った法被を着ておらず、ブラックスーツに白いネクタイという略礼装だ。

辰巳のぼやきに、男達がはやし立てた。

「どうせ、和枝の化粧で時間かかっとんねん」

「和枝も昔はきれかったけど、今は皺だらけやさかいな。こないだ、夜にたんねて行ったらちょうど風呂上りで、どこの妖怪かと思たわ」

そう言う伊勢川は、三十年前にカズちゃんや八百屋と結託して、結婚式の前日に進に酒を飲ませた悪友の一人だ。当時はリーゼントで決めていたのが、今や禿げちらかし、若い頃のヤンチャな面影は薄れてしまっている。

その時、階下で物音がした。

「来よった、来よった。小久保組が来よったでぇ」

騒々しく階段を踏み鳴らす音がして、がらりと襖が開かれた。

「ルミ子さん！」

「お義母さん！」

ママと十喜子が同時に声を上げた。

「どないしたんですか？」

大柄な花模様も華やかなスーツに身を包み、ツバのついた帽子にはチュールが飾られている。

「どないしたも何も、十喜子ちゃんがハガキをくれたんやないの」

もちろん、今日の事は知らせておいたが、返事がないから欠席するものと思い込んでいた。

「孫が披露宴するんや。じっとしてられるかいな。お嫁さんの顔も見たいし。……で、この子が颯の子供か？　いやぁ、進の小さい頃にそっくりや。ほれ、こっちゃおいで。ほれ、ほれぇ」

十喜子の背中に隠れるようにしている嵐を、お菓子で誘い出そうとしている。

ルミ子は十年以上も前、長らく住吉鳥居前商店街で営んでいたブティック「リリアン」を畳むと、友人がいるという京都の山奥へと籠ってしまった。「空気が綺麗な所で暮らしたい」と言って。

「今日はお嫁さんに会えるのん、楽しみしてたんやし」

「あ、実は……」と言いかけたところで、来客に遮られた。

「すんません。遅なって」

ルミ子の後に続いて、巨漢の謙一が身体を屈めるようにして広間に足を踏み入れた。白髪交じりの髪をパンチパーマにし、色のついた眼鏡をかけているから物凄い迫力だ。続いて髪に金色のメッシュを入れた謙太。

「うおっ！　お前、謙太か？」

座椅子にしなだれかかるように座っていた颯が、ぱっと身を起こした。

「ちょっと見ん間に、デカなったなぁ。おぉ、こっちゃ来い」

手を振って、謙太を呼ぶ。

謙太は嬉しそうに颯の隣に座った。子供の頃の颯は、弟のように謙太を可愛がっていて、その時の様子を思い出し、ほろりとする。

謙太は一時期、グレて学校に行かなくなっていて、岸本家で預かったという経緯があった。だが、謙太がうちに居た頃には、颯は家を出てしまっていたから、かれこれ十年以上は会っていなかった事になる。

「颯くん、そのタトゥー、ほんまもん？」

まくり上げたシャツの袖から、蛇の尻尾が覗いている。

「ほんまもんの訳ないやろが。シールじゃ。シール」

そして、「かか」と笑った。

「かっこええ……」

謙太は恐る恐るといった様子で、刺青が彫られた箇所を触っている。

「やめい、こちょばい！」

仕返しに、颯は謙太の身体をくすぐり始めた。

「やめて！　颯くん、俺、あかんねん。あかんって……」

くすぐったいのか、身体を丸めてゲラゲラ笑う。

そして、最後にカズちゃんが姿を現した。

相変わらず棒切れのように細く、長く伸ばした前髪をとさかのように立ち上げている。

美容院に行く間がなかったのだろう。その根元が伸び、一センチほど白くなっていた。

カズちゃんは颯を見るなり息を呑み、立ち竦んだ。そして、一拍置いた後、叫んだ。

「いんやぁー、進ちゃんの若い頃にそっくり！」

そして、目を潤ませた。

「こら！　和枝！」

謙太が怒鳴った。カズちゃんが、颯を挟んだ反対側の席に、ちゃっかりと座ったからだ。

「あっち行けや。いちいちウザいんじゃ」

「何で、そんなイケズゆうんな」

「お前、臭いねん」

「ええっ？　何処がぁ？　カズエの何処が臭いんな？」

「化粧臭いねん。だいたい、何で目の上に海苔つけとんじゃ」

カズちゃんの目には、極太のアイラインが引かれていた。

「こらこら、せっかくのめでたい席で喧嘩すな」

謙一がやんわりと二人を宥める。強面の見た目に反して、謙一の物腰はいつも柔らかい。

「だいたい、あんたらがそこに座ってしもたら、新婦とお母はんが座られへんやろ？　二人ともこっちへおいで」

そして、自分は端の席に座った。

皆が着席し、後は新婦の支度を待つばかりとなった。菜美絵は今、隣室を借りて着替えの最中だ。

「菜美絵さん。皆さん御揃いやよ。そろそろ始めるけど、準備はええ？」

廊下に出て、襖越しに声をかける。

「うっす。いつでも大丈夫っす」

襖を開けると、着付けを終えた菜美絵が、こちらに背中を見せて正座していた。

「う、うわわぁ……」

その姿に息を呑む。

菜美絵は黒い着物を片肌脱ぎにして、右肩と背中を露わにしている。男性のように筋肉がついた背中は抜けるように白く、胴には晒が巻かれている。

「自分は、いつでもイケるっす」

振り向いた顔を見て、さらに仰天した。

白い髪がライオンのたてがみのように逆立てられ、黒と赤、シルバーで隈取りされたマスクをしていた。予想もしていなかった展開に、十喜子は卒倒しそうになる。

菜美絵が「お披露目は着物で」と言った時、ほっと胸を撫でおろした自分が馬鹿だった。

「着付けは自分でできる」と言った時点で気付くべきだったのだ。当たり前に着るつもりなど、さらさらなかったのだと。

「ストーミーはん、お色直しはまだでっかー？」

隣室から、辰巳の声が聞こえてきた。

その声で、十喜子は我に返る。よく考えれば、ここに集まっている面子は、ほとんどが菜美絵の正体を知っているのだ。何も問題はない。

「ほんなら、行きましょか」と、十喜子も腹を決めた。

広間の襖の前に立つと、すっと両側に開かれた。

菜美絵の姿を見るなり、男達は沸いた。耳が痛くなるような雄叫びが上がる。

「いよっ、待ってましたっ！」

「前橋ー！　今日もイケてんで！」

誰かが持参したのだろう。ＭＤプレーヤーから、電子ドラムと重低音でうねるギターが邪悪に轟く。ストーミー前橋の入場曲だ。

「ちょっと！」

ＢＧＭの音量に負けないような、宴会場を揺るがす叫び声が上がった。

「十喜子ちゃん！　どういう事？」

ルミ子だ。

「しまった」と思ったが、遅かった。

ルミ子は口をぱくぱくさせ、さらに何か言おうとしているが、それを阻むように二人の男が、さっと菜美絵の左右に並んだ。

伊勢川に八百屋だ。

菜美絵と御揃いのマスクを付け、服の上から陣羽織を重ねている。赤地に黒のトリミングが入り、背中にシルバーで菜美絵のリングネームが書かれている。今日の為に、わざわざ用意したようだ。

菜美絵が不愉快そうな顔をし、二人に向かって吠えた。

「てめぇら！　人をダシにして、遊んでんじゃねえよ！」

そして、身体の向きを変えると、伊勢川と八百屋の腰に手を回し同時に抱え上げた。俵抱きにされた二人の男の脚が身体の両脇でジタバタと動くのに、菜美絵はバランスを崩す事もなく踏ん張っている。

「ひゃー、堪忍！」

「誰か、助けてくれー！」

そう言いながらも、二人は嬉しそうに笑っている。男達を抱えたまま、菜美絵が宴会場を歩き回る。そして、伊勢川を解放すると、今度は膝立ち(ひざだ)になり、そこに八百屋を乗せ、ズボンを脱がせ始めた。

「うわぁ、それだけはやめて下さい」

妙に生っちろい八百屋の尻(しり)が露わになったところで、笑い声が起こる。八百屋は水玉模様のTバックを穿(は)いていた。

「いやぁ！　恥ずかしいっ！」と、カズちゃんがゲラゲラ笑いながら手で目元を覆った。

「汚ねえケツが、なに期待してんだよ！」と言いながら、菜美絵は平手で思いっきり八百屋の尻を張った。パーンと威勢のいい音がし、「ぎゃっ！」と叫ぶ八百屋。尻に菜美絵の手形が赤く浮かび上がり、その上から続けざまに尻を叩く。

ヤンヤの喝采に謙太は大喜びで、指笛を鳴らして場を盛り上げる。

「他にやられたい奴はいるかー！」

恐る恐る見ると、ルミ子の顔は蒼白になっていた。

やがて、菜美絵は八百屋を放り投げるようにして転がすと、すっくと立ち上がった。そして、助走もせずにテーブルをひらりと飛び越えて、颯の隣に着地した。着物の裾が乱れ、膝丈の赤いスパッツが露わになる。

何事もなかったかのように、菜美絵は座布団の上に立て膝で座った。

「ほな、前座が済んだところで、料理を運んでんかー」

辰巳がぽんぽんと手を叩くと、次々と料理が運ばれ、卓上にはビール瓶が並んだ。

「飲み物は行き渡りましたやろか？」

乾杯の音頭を取るのは辰巳だ。

「昨日の試合、私は寄せてもらえなんだけど、えらい楽しかったようでんなぁ」

脱がされたズボンを穿きながら、八百屋がニヤニヤしている。

商店街の面々は、昨日は店を閉めて、大阪府立体育館で開催された「ガールズプロレス東京」の興行を観戦してくれていた。

十喜子も嵐を伴って観戦したが、途中からまともにリングに目を向けられなかった。菜美絵から頭突きをくらった相手がリングから転落し、戻った時には額から大量の血を流していたからだ。目をそむけたくなるような惨たらしさで、十喜子が青くなっていると、伊勢川が仕組みを教えてくれた。

場外に落ちた時に、観客から見えないようにスタッフが周りを囲んで、剃刀の刃で髪の毛の生え際を浅く切るのだという。大量に流血はするものの、何も心配する事はないのだと。

「これからも『ガールズプロレス東京』が大阪に来た時には、商店街を上げて応援に行きまっせ。二人には今後、住吉鳥居前商店街を盛り上げて行ってもらう所存で……」

「大番頭はん。口上はそれぐらいでええから」

伊勢川がヤジを飛ばす。

「はい、はい。かんぱーい」

菜美絵が場を温めたおかげか、誰も辰巳の挨拶など聞かずに、勝手に飲んでいる。ビールや徳利を手に移動を始めた者までいる。

「さ、さ、お十喜さんも一杯」

グラスを持たされ、なみなみとビールを注(つ)がれる。

ここは豆飯が名物なのだが、この調子だと誰も御飯を欲しがらないだろう。お土産(みやげ)用のパックに詰めてもらった方が良さそうだ。

菜美絵が、吸(す)い物椀(ものわん)の蓋(ふた)に日本酒を注いでもらっていた。そして、ぐいっと飲み干すと
「かったるいぞー！　丼(どんぶり)で持ってこーい！」と叫ぶ。

「菜美絵ちゃん、相変わらず面白いわぁ。ルミ子さんはショックやったみたいやけど……」

ママの視線を追うと、部屋の隅でへたり込んだルミ子は、「有り得へん。有り得へん」と一人でブツブツ呟いていた。

「菜美絵ちゃんの正体、知らんかったん？」

「ずっと説明しそびれてて……。まさか、今日、来るとは思ってなかったから……。全部、私が悪いんです」

ママは肩をすくめる。

「子供までおるんやし、もうどないもならんわなぁ。受け入れてもらわんと」

とりあえず、酌をする為に小久保一家が座る一角へと移動した。

「今日は、お越しいただき、ありがとうございます」

「びっくりしたでしょう？」と振ったが、ルミ子と違って、謙一は妙に納得している。

「そない言うたら、颯は子供の時からプロレスが好きやったなぁ」と。

隣に座るカズちゃんはだいぶ酔いが回っているようで、顔を真っ赤にしている。

「なぁ、十喜子ちゃん」

十喜子の手からビール瓶を取り上げるから、お酌をしてくれるのかと思ったら、手酌で飲み始めた。

「颯くん、女の趣味が悪いとこまで、進ちゃんに似たと思わへん」

大きな声で言うから、菜美絵の耳に入るのではないかと冷や冷やする。

「せやけど、商店街の人らは皆、菜美絵さんが好きですよ。ほんまにようしてもろて、感謝してます」

もろ肌を脱いで、胸元に晒を巻いただけの格好になった菜美絵の周りを、男達がぐるりと取り囲んでいる。その中に謙太も交じっていた。

「いや、好き過ぎるやろ。異常やで。あの人ら」

呆れたようにカズちゃんは肩をすくめ、ビールが入ったグラスを呷った。

三

「保育参観?」

「明日の火曜日やねんけどな、他の保護者も集まって、保育所で過ごす子供を見れるねん。

保育士さんも、いっぺん菜美絵さんと喋りたいらしいわ」

辺りには、出汁の香りが漂っていた。朝のうちに煮込んでおいた関東炊き(かんとだき)を、台所で温めているところだ。

「無理にとは言わへんわよ」

十喜子の言葉に、嵐のはしゃぎ声が重なる。

「おっかあ！　もいっこ！」

菜美絵は今、嵐にせがまれて回転遊びの相手をしてやっていた。

向かい合って両手を握られた嵐が、菜美絵の脚からお腹(なか)まで、足裏を使ってよじ登り、ぐるんと一回転して着地する。最初のうちは菜美絵が引き上げてやっていたが、コツを摑(つか)んだ後は自力で回転できるようになった。

「滅多(めった)とない機会やし、菜美絵さんも、嵐がお世話になってる先生に挨拶しといた方がええと思うねん」

菜美絵は嵐の相手をしながら、思案顔だ。

プロレスの興行は主に土日に開催され、平日は菜美絵が所属する「ガールズプロレス東京」で合同練習に参加するだけだから、多少は融通が利くはずだった。とは言え、看板選手である菜美絵は、練習時間以外にイベントに駆り出されたり、インタビューが入る事も多い。

「おい。今週のスケジュールはどうなってる?」

菜美絵が颯に向かって尋ねた。

「オフは火曜日まで。水曜日は練習の前と後に取材が入っとる」

颯は今、菜美絵のコスチュームの洗濯中だ。流血した相手の血で汚れたのを、たらいに張った水で部分洗いしている。

「火曜日の夜に東京に戻れたらいいんで、大丈夫っす」

「ほんなら、私と一緒に行こか」

「うぃっす」

「颯も一緒に行くか?」と聞くが、「俺は遠慮しとく」と返ってきた。

「さぁ、決まったところで御飯にしよか」

テーブルにカセットコンロを置き、ガスコンロにかけていた土鍋を移動させる。

蓋を開けると、白い湯気がふわりと舞った。

岸本家の関東炊きは、スジ肉と昆布で出汁をとり、醬油と砂糖で甘辛く仕上げる。味を見て物足りなければ、市販の出汁の素も加える。

具材は下茹でした大根に、三角形に切ったコンニャク、ゆで卵に煮込み用チクワ、厚揚げに平天。あとは皮をむいた丸ごとのじゃがいもが入る。

「お好みで、辛子酢味噌をどうぞ」

辛子と白味噌、お酢、砂糖を和えた調味料だ。

「おかん、じゃがいもは一人何個や？」

缶ビールを開けながら、颯が鍋を覗き込む。

「ちゃんと人数分あります」

「嵐は半分でええやろ。せやから、俺、一個半」

そして、お玉でじゃがいもを二個掬うと、うち一つを半分に割った。

「あんたは昔から、じゃがいもと玉子が好きやったよなぁ。あ、菜美絵さん。豆腐も入れるから、良かったら後で食べて」

各自が具をとり、空いた隙間に焼き豆腐を沈める。

薬味の葱も、別に用意してある。

「御飯は昨日の折り詰めにしてもろた豆飯。ここのご飯、美味しいわよ」

プラスチック容器からお茶碗によそった豆飯を、菜美絵の席に置く。

「ところ……で、ご両親には伝えたん？　嵐のこと」

鍋の中身も減り、お腹が大きくなったタイミングで切り出す。途端に菜美絵の表情が険しくなった。

「まだみたいやね……」

菜美絵が箸を置いた。

「すいません。お義母さんにばっか負担かけてるっす」

「別にそういうつもりでゆうたんやないのよ。私は気楽な独り身やし、嵐が居てくれた方が賑(にぎ)やかで楽しいさかいな。……ただ、菜美絵さんとこのご両親も、お孫さんの顔を見たいと思うんよ……」

「自分は、親はもう死んだもんだと思ってるっす」

「そんな……」

寂しいことを、と言いかけて言葉を呑んだ。説明を求めようと颯を見るが、素知らぬ顔で手酌でビールを飲んでいる。

言ってはいけない事を言ってしまったのだろうか。

ふと不安になったが、菜美絵は気にした風もなく、鍋に箸を突っ込み、嵐の為にチクワをとってやっている。

「おいっ！　嵐。明日は保育所まで嵐を観(み)に行くぞ。ちゃんと行儀よくしてろよ！　聞いてるか？　おっかあに恥かかすなよ」

四

その翌日。

いつもより少し遅れて、三人で登園した。

保育所までの道すがら、顔見知りの母親とすれ違う。挨拶を交わした時、怪訝(けげん)な顔をされた。その視線の先に、嵐を肩車する菜美絵がいる。

無理もない。

今日の菜美絵は、顔を隠すように長い前髪を垂らし、残りの髪を逆立てている。黒のジャージにサテン地の白いジャンパーを羽織り、全体をモノトーンでまとめているにもかかわらず、やたらと人目を引いた。

門のところで挨拶した時も、守衛さんが何か言いたげにしていた。

園庭には既に保育参観の保護者が集まっており、隅の方に固まって、子供達が遊ぶ様子を見ている。そのせいで、いつも以上に園庭が狭く感じられる。

井戸端会議をしていた母親達がまず気付いて、次に外遊びの子供達の視線が菜美絵に集まった。

菜美絵が歩くと人が退き、自然と道が作られた。

「不死川実弥(しなずがわさねみ)……」

誰かの呟きが聞こえたかと思うと、急に子供達がざわつき始めた。

「うわわぁ、不死川実弥だ！」

「実弥が来たー！」

遠巻きに菜美絵を指さし、「不死川実弥！」と連呼する。

真っ白に脱色された菜美絵の髪を指さしているから、きっとそういうヘアスタイルの人物が登場する漫画か、アニメがあるのだろう。

「誰が実弥だぁ？　馴れ馴れしく話しかけてんじゃぁねぇぞ」

はすに構え、ぎろりと園児達を睨む。

思わず「菜美絵さん……」と肘(ひじ)を引っ張ったが、子供達は大喜びで、「実弥だ、実弥だ」と連呼する。

「しつけぇんだよ！　いい加減にしねぇとぶち殺すぞ！」

「きゃーーーー！」と歓声が上がる。

「おい！　てめぇら、二歳児の部屋まで案内しやがれ！」

菜美絵が吼(ほ)えると、子供達は我先にと駆け出す。そして、蹴(け)るように靴を脱ぐと、部屋の前に敷かれたスノコの上で飛び跳ねた。

「こっちー！」

「こっち、こっち」

コンクリートに木のスノコが打ち付けられ、騒々しい音が響く。

子供達は「センセー！　実弥が来てるでー！」と叫びながら、部屋の扉を開ける。

騒ぎを聞きつけた鶴川先生が教室から顔を覗かせ、子供が指さす方を見て固まった。口をあんぐりと開けたまま、近付いてくる菜美絵を見ている。

菜美絵は上体を傾けると、一回転させながら肩から嵐を降ろした。

「……おはよう……ございます」

十喜子に気付くと、鶴川先生がほっとしたような表情を見せた。

「今日は、お父様がいらして下さったんですか？」

「すいません。嵐の母親です」

そんな必要もないのに、何故か謝っていた。

「はぁ……」

鶴川先生の視線が再び、菜美絵に据えられた。

「いつも嵐がお世話になってるっす」

菜美絵が大きな身体を折り曲げて挨拶した。

「あ、あぁ……。初めまして。私が二歳児クラスを担当している、鶴川です。どうぞ、お入り下さい」

ようやく我に返った鶴川先生が、教室の扉を大きく開けた。

「……今日は、クレヨンでお絵描きをしてるんです」

模造紙を繋げた紙を教室いっぱいに広げ、子供達は思い思いに絵を描いていた。

「どうぞ、こちらにおかけ下さい」

既に何人かの母親が集まっていて、彼女達も呆気にとられたように菜美絵を見上げている。

「ちょっと、そちらに詰めてもらえますかー？」

鶴川先生が、母親達に声をかける。

「す、すみません。気が付かなくて」

一列に並べられた子供用の椅子の上で、彼女達はお尻をずらすように移動した。十喜子が腰掛けると、菜美絵も小さな椅子にどっかと座った。

先に参観していた母親達は、肩をすぼめて菜美絵をちらちらと見ている。

そして、子供達も菜美絵を意識してか、しきりにこちらを見ていた。

――どうしよ……。参観どころか、邪魔してるわ、私ら……。

それでも、時間が経つにつれ、子供達もお絵描きに没頭していった。

チューリップやひまわりを次々と描いている女の子、車の絵を隅の方に小さく描く男の子。丸に点々や線だけの人間、そこに手足のような線を付けている子もいる。

嵐は幾つも丸を描き連ねている。部分的に繋がっているから、三色団子のように見える。まだ上手に人間の形を描けないのだ。

子供達は時折、菜美絵を見てはクスクスと笑い合っている。そっと横目で見ると、菜美絵はしかめっ面をしたり、唇を突き出すなどして、子供達を笑わせていた。

最初は面食らっていた鶴川先生も、今はベテラン保育士らしく、その様子をおっとりと眺めている。

——まぁ、ええか……。

少々、荒っぽいものの、菜美絵は子供の扱いが上手い。十喜子も気を揉むのをやめた。時計を見ると、もう間もなく昼食の時間だ。先に来ていた母親達も仕事に戻るのだろう。一人、二人と「お先に」と言い、教室を出て行く。

「私らも、お昼の前に失礼しよか」

「うっす」

その時、鶴川先生が近づいてきた。

「お時間ありますか？　良かったら、子供達が御飯を食べてるところを御覧になって下さい」

菜美絵が大阪を発つのは夜だったから、特に問題はなかった。菜美絵も「いいっすよ」と答えている。

目の前では、子供達がお絵描きしていた紙が教室の隅に寄せられ、お片付けが始まっていた。保育士が机を並べ、子供達に手を洗うように指示をしている。

係の先生が食事の載ったトレイを運んできて、瞬く間に机の上に並べられた。

鱈のホイル焼き、人参とワカメの味噌汁に白いご飯、デザートはキウイだ。

十喜子も保育士を手伝って、子供達に食事用エプロンを付けてやる。菜美絵は大きなやかんを軽々と片手で持ち上げ、順にコップにお茶を注いでやっている。

「さぁ、それでは、みんなでいっしょに。い・た・だ・き・ま・あ・す」

「いただきまふ！」

「いただいます！」

もみじのような手を合わせ、子供達が可愛らしい声で食事の挨拶をする。そして、スプーンを手にとると、食事を始めた。

嵐はと見ると、食べ物を口にしようとせず、スプーンで味噌汁をかき混ぜているだけだ。

「嵐くーん。お母さんとおばあちゃんに御飯食べてるとこ、見てもらおっかー」

鶴川先生が声をかけるが、にゃーっと笑っただけで、やはり食事をしようとはしない。しまいにスプーンでトレイを叩いて遊び始めた。

「お母さーん」と、鶴川先生が菜美絵を呼んだ。

「こっちに来て、嵐くんと一緒にお食事しませんか？」

「え、自分が食べるんすか？　子供が食うものを」

菜美絵は自分の顔を指さした。

「ええ。お母さんが美味しそうに食べてるのを見たら、嵐くんも食べてくれると思うんですよねー」

十喜子が横から、「嵐、給食を食べへんらしくて、前から注意されてたんよ」と囁くと、菜美絵は「あー」と声を発した。

「保育所の飯が美味(うま)くないんでしょ。嵐はまずいもんは絶対に食わないんす」

ぎょっとしたように鶴川先生が目を見開いた。

「菜美絵さん……。ちょっと……」

「お義母さん。嵐は家ではちゃんと食べてるんすよね？」

「お昼を食べてへん分、朝と夜はしっかり食べさせるようにしてるけど……」

「だったら、無理に保育所の飯を食べなくてもいいっしょ」

見ると、鶴川先生の大福もちのような顔が真っ赤になっていた。

「で、でもね。お母さん。今は成長期なんですから、ちゃんと三食……」

話を遮るように、菜美絵は音を立てて椅子から立ち上がった。

「もう連れて帰っていいっすか？」

「あ、え？」

「嵐は昼飯を食べないんすよね？　だったら、いつまでもここに居ても無駄っす。自分は今日の晩には東京に戻るし、日頃一緒にいられない分、会ってる時は、なるたけ遊んでやりたいんす」

鶴川先生は目を白黒させて、言葉を失っている。

「おーい。嵐！　帰るぞ」

それまで退屈そうに座っていた嵐が、ぱっと顔を上げた。そして、椅子を蹴るようにして駆け寄ってきた。

「おっかぁ！　ぐるりんぱ！」

菜美絵が両手を差し出すと、その手を支点にして、回転遊びを始めた。食事中の子供達が羨ましそうに見ている。

困惑している鶴川先生に目礼し、十喜子は二人を促して外に出た。

「保育所にはお世話になってるんやし、ああいう言い方はやめといた方がええと思うわよ」

帰り道、つい小言を言ってしまう。後で文句を言われるのは十喜子なのだ。

嵐を肩車していた菜美絵は、不思議そうな顔でこちらを見た。

「本当の事を言っただけっす。全く食べないんだったら心配っすけど、昼飯を一食抜いたぐらいで成長が止まったりしないし、ちゃんと大人になれるっす」

「いや、そういう問題やなくて……」と言いかけて、十喜子は口を噤んだ。

以前、菜美絵が「自分は給食がご馳走という育ち方をした」と言っていたのを思い出したからだ。簡単だけど美味しい食べ物を、さっと作って出してくれる人がいなかったとも。

「キッチン住吉」に集まる子供の中にも、似たような境遇の子供はいて、それだけに不思議に思った。何故、自分の子供に「給食を出してもらえるのは有難い事なのだ」と諭さないのかと。

時折、菜美絵が何を考えているのか、分からなくなる。

いや、自分の息子の事ですら分からないのだから、他所の家庭で育った菜美絵を理解できないのも当然だし、分かったつもりになりたくもなかった。

ただ、言わなければならない事は言わせてもらう。

「菜美絵さん。学校とか保育所とか、集団で生活するとこにはルールがあるわよね。それは、分かるわね？」

「……」

「登園する時間も決められてるし、遊んだり、食事したり、お昼寝も時間割りがあって、皆で一緒に行動する。何でやと思う？　小学校に上がった時、中学、高校、大人になっても、人間て集団で生活するわよね？　せやから、保育所では、小さいうちから色んなルールを教えてくれるんよ。そら、子供も色々やさかい、好き嫌いがあったり、小食の子もおる。中には、保育所の御飯が口に合わへん子もおるでしょ。せやからって、親が『食べんでもええ』と言うてしまうのは、ちょっと乱暴やと思うんよ」

菜美絵の反応を見たが、真っ直ぐ前を向いたままの横顔は揺るがない。

「もしかしたら嵐は将来、颯と同じように、家とか学校に縛られるのを嫌がって、自分のやり方で生きる道を決めるかもしれへん。せやけど私は、子供のうちから好きなように生きたらええという育て方はでけへん。つまらん事を言うようやけど、颯にはちゃんと高校を出て欲しかったし、嵐に対しても思いは同じじゃ」

言い返してくるかと思ったが、菜美絵は素直に「そうっすね。以後、気をつけます」と呟いた。

「菜美絵さん」

十喜子は足を止めた。

「はい？」

菜美絵も足を止め、十喜子を振り返った。

「今、面倒くさいて思ったでしょ？」

「……」

「若い人には若い人の考え方があると思うし、私が子育てしてた頃とは、世の中も変わってる。せやから、私の言うてる事がおかしいと思ったら、そない言うてええんよ」

「おかしくなんかないっすよ。自分は、お義母さんの話を聞いて、その通りだと思ったっす」

「それ、本気でゆうてる？」

「お義母さんは子育ての先輩なんす。先輩の言う事は絶対っす」

菜美絵はペコリと頭を下げた後、一人ですたすたと歩き始めた。

五

「すみません。十喜子さん」

佳代(かよ)が申し訳なさそうにする。

「キッチン住吉」は昼間はカフェ、夜は子供食堂に様変わりするのだが、佳代はランチタイムにうっかり指先を火傷してしまっていた。

今日は時間ができたので、久しぶりに助太刀するつもりで訪れたのだが、そんな訳で子供に出す料理を十喜子が調理する事になった。

「調理中、ガスコンロのすぐ傍に磁器のお皿を置いてたのが悪かったんです。うっかり熱くなったお皿に触れてしまって……」

指先に巻いた包帯が痛々しい。

「任しとき。嵐が来てからは、私も子供向けの料理を作るようになったから」

「あ、お孫さんのお迎え！」

「今日は早引けして、午後から颯と菜美絵さんと三人で出かけたわ。晩もどっかで食べてくるて言うてたから、気にせんとって」

家族三人で外食し、嵐を自宅まで送り届けた後、夜行バスで東京に戻る予定だ。

「滅多に会われへんから、菜美絵さんも離れがたいんやろね。最初は夕方に新幹線で帰るて言うてたのに……」

「嵐くん、喜んでるでしょうね。久し振りにお父さん、お母さんと一緒に過ごせて」

鍋をかき混ぜながら、十喜子は溜め息をついた。

「見るに見かねて私が引き取ったんやけど、やっぱり親元で育てるのが理想やと思うねん」

十喜子が初めて嵐と顔を合わせたのは、一歳半という離乳食から幼児食へと移行する時期で、きめ細かな世話が必要だというのに、颯も菜美絵も子供の食生活には無頓着だった。聞くと、大人の食事の中から、嵐が食べられそうなものを選んでいるという大雑把さで、呆れてものも言えなかった。

「幾ら柔らかい言うても、山椒と唐辛子が入った麻婆豆腐を小さい子に食べさしたらあかんやろ？　まぁ全てがそんな感じで、お構いなしやってん」

――ほんまは私が上京して、嵐の面倒見るのがええんやろけど……。

そうは思うものの、十喜子も五十代半ばだ。この年になって住み慣れた土地を離れるのは、やはり勇気がいる。

ガランガランとドアベルの騒々しい音を立てながら、扉が開いた。この日、最初の客だ。

「今日のご飯、なにー？」

近所に住む兄弟で、やがて後を追うように、一人、二人と子供達がやってくる。

「お腹空いたー」

「はよ食べたいー」

レッスンバッグから宿題を取り出しながら、ちらちらとキッチンの方を見ている。

「あーん、まだ御飯でけてへんの？　おばちゃん、遅いわ」

「ほらほら、先に宿題を済ませなさいんか。誰が一番先に宿題できるかな？　賢いな」

十喜子がぱんぱんと手を叩きながら言うと、くすくす笑いながら、子供達は机に向かう。

「ここは私一人で大丈夫やさかい、佳代ちゃんは子供の相手したって」

「はい。お願いします」

キッチンに入った十喜子は「さてと……」とエプロンを締め直した。

時間がないので、あまり手の込んだものは作れない。

幸いな事に、大量の鰯は二枚におろし、包丁で叩いた状態になっている。

――今の季節やったら鰯のつみれ汁やけど、それやと魚の匂いが気になるか……。

そこで、味噌とすりおろし生姜を混ぜ込んでハンバーグにした。これなら魚が苦手な子供でも食べられる。

冷蔵庫にはしめじとエリンギ、玉ねぎをお酢に沈めたマリネが冷えている。他に具沢山の豚汁を用意した。

それだけ準備すると、「キッチン住吉」を出て、自宅まで戻る。と言っても並びの家だから、歩いて三十秒もかからない。そして、たこ焼きの材料を手に取った。

「キッチン住吉」に戻ると、ちょうど御飯が炊けたタイミングだった。

炊飯器を開くと、白米のしっとりとした香りが立ち上る。布巾を手にして釜を取り出すと、ボウルに炊き立てのご飯をあけた。そこへ、紅ショウガ、葱、鰹節、天かすを混ぜ込んで行く。

今では菜美絵の大好物となった、紅ショウガの御飯だ。

「ほーら、できたわよー。今日はお姉さんやなくて、おばちゃんが作ったんよー」

大皿に盛りつけた料理を、次々と運んでゆく。

「わーい、今日はピンクの御飯や！」

紅ショウガ御飯は、ここでも好評で、女の子達は「ピンクの御飯」と名前を付けていた。どうやら、カラフルな見た目が子供達の嗜好に合ったらしい。

表でバイクの排気音がした。

「おーい。配達の弁当、取りに来たでぇ」

小久保謙太が扉を開け、顔を覗かせる。

「あんた！　何やのん、その頭！」

宴会場で見た時には金色のメッシュ入りだった髪が、真っ白になっていた。

「どないしたん？　あんたも不死川ナントカの真似か？」

「おばはん、何で実弥を知っとんねん」

「どうでもええけど、何で？」

「ストーミー前橋と御揃いにしたんや」

菜美絵の派手なパフォーマンスに、大喜びしていた謙太を思い出す。

「配達先のお年寄りがびっくりして、心臓発作を起こさんかったらええけど……」

佳代が奥から弁当用のパックを運んできた。中には白いご飯と、今日のおかず類が詰められている。混ぜご飯は傷みやすいので、宅配用には白いご飯だ。

「今日はこれだけ。お願いね」

配達先のメモと一緒に、弁当を渡す。

「ほい。確かに十軒分」

デリバリーバッグに弁当を詰め込むと、謙太は勢いをつけて背負った。

「あかんで。そんな乱暴にしたら、中身が崩れるやろ」

「任せとけって」

そして、原チャリに跨る(またが)と、勢い良く走り出した。

「えらい張り切って走って行ったけど、大丈夫なんかいなぁ」

「大丈夫ですよ。今のところクレームは来てませんし、おばあちゃん達には人気あるんですよ。彼……。ヤンチャな孫みたいで、かわいいんでしょうね」

「キッチン住吉」は本来、「子供食堂」も含めてイートインが基本だが、高齢者から「配達して欲しい」と希望が出た。配達までするとなると、佳代一人では無理だったし、夕方以降は、十喜子も嵐の世話で手が離せない。そこで、謙太に頼んだところ、気前よく引き受けてくれたのだった。

「さぁ、私らも食べてしまおか……。とゆうても、あんまり残ってへんけど」

少しだけ残しておいた鰯のつみれと、野菜の端切れを味噌汁に仕立てたものを追加する。

「人に作ってもらった御飯って、ほんと美味しい……」

いつもは作る側にいる佳代が、十喜子の手料理を嚙みしめるように味わっている。

「子供らは、若い人が作った料理の方が好きやろなぁ」

お腹を空かせているから食べていたものの、子供達の表情を見る限りでは、今日の内容には満足していないようだった。

「そうですかねぇ。私は、こういうお料理が好きですけど。おかずにもなれば、お酒の肴にもなるような……」

「旦那が生きてた頃、さんざん酒の肴を作らされてたさかいなぁ」

進はマメに自分で肴を作っていたが、夕方の四時ぐらいから飲み始めるせいか、酔いが回り始めると「あれが食べたい、これを作ってくれ」と十喜子にねだった。

「あれから進展ありました？　商店街に出店する話は……」

自然と眉が曇る。

「それなぁ、そろそろ何とかせんとあかんねんけど、我が身の今後を考えたら……」

「何か問題ありましたか？」

「昼間だけの営業にしよと思てたら、アルコールを飲みたがる客が多いんよ」

「たこ焼きでビール、美味しそうですもんね」

「お酒が飲みたい人は、居酒屋に行ったらええ。そない思うねん。どのみち、嵐を預かってる間は、昼間しか営業でけへんのやし」

「勿体（もったい）ないですよ。夜だけ誰かを雇うとか考えられませんか？」

「それだけやない。店を出すこと自体、白紙にしようかと考えてる」

「何故ですか？」

「母親と子供を離れ離れにするの、やっぱりええ事やないし、段々と私が東京に行った方がええんちゃうかな……て思うようになって」

「そんなぁ」

佳代は情けない顔をした。

「十喜子さんがいなくなったら、寂しくなります。私だけじゃありません。辰巳さんも、ママも、商店街の人達だって……。ねぇ、十喜子さん、向こうのご両親は、アテにできないんでしょうか？」

「そこやねん。菜美絵さん、自分の親の話をほとんどせえへんのよねぇ。話の端々に出てくるけど、あんじょう面倒見て貰われへんかったみたいなんよ」

以前、菜美絵から聞いた話を聞かせる。

「あんまり決めつけたらあかんけど、親に構ってもらってないせいかどうか、私から見たら、親としての振る舞い方が非常識というか、ちょっとどうかと思う時があるねん。そら、子供も小さいうちは、猫可愛がりしてもええわよ。せやけど、これからは教育もして行かんとあかん。ペットと違うんやから、社会のルールを教えるとか、親としての責任があるわよね？　仕事の性格上、普通のお母さんと同じようにはでけへんかもしれへん。せやけど、家庭に戻ったら母親の役割がある。菜美絵さんと嵐は、母子というより年の離れた姉弟みたいで……」

「私も初めて菜美絵さんにお会いした時は、驚きましたもの。難しいかもしれませんね。他所の方に、菜美絵さんを理解して頂くのは……」

「いやいや、私かて理解できてへん。自分は悪役やからて、プライベートでも人に媚びひん。ええように言うたらプロに徹してる。せやけど、素顔が見えへんねん。何を考えてるか分からへんというか……。菜美絵さんがプロレスラーを引退した時、どないなるんか心配で……」

悪役の仮面をかぶる事で、菜美絵は自分を保っているのではないか？　つい、そんな危う想像をしてしまうのだ。

「菜美絵さんがいつまで今の仕事を続けられるか分からへんけど、せめて小学校に上がる前には、嵐を二人のもとに戻してやりたい。小学校に上がったら先生とか、親同士の付き合いも増えるんやし……」

だが、その時、果たして菜美絵は、母親達の輪に入って行けるのだろうか。

「十喜子さんいっそ、お二人にこちらに来てもらったらどうです？」

「ええー？」

「大阪にもプロレス団体ってあるんじゃゃないですか？」

「そう簡単な問題でもないんよ」

商店街のプロレスファンによると、一昔前にはテレビが全日本女子プロレス中継をしていて、「強い女子レスラー」は女性の憧れであり、興行には観客も入っていた。それが、今ではメディアで試合が中継される事もなくなり、プロレスラーとしての技量や強さだけでは人を呼べないのだという。その結果、女子プロレスラーがアイドル化し、顔の可愛さで客を呼ぶようになっている。

地方巡業できる団体もほとんどなく、今では地方で興行できるのは「ガールズプロレス東京」ぐらいらしい。

「それじゃあ、今のところを辞めて、大阪に来て欲しいとは言えないですね」

そこで会話が止まった。

佳代は残り物の茸のマリネに手を伸ばした。

「息子夫婦にはシッターさんを雇ってもらうとかして、嵐を戻すんが現実的やな」

「戻すって、大丈夫ですか？　情が移ってて、離れがたいんじゃないですか？」

「いやいや、もう十分、堪能した。二歳児の相手をするのは大変や。向こうは元気が有り余ってるし、あかんなぁ。もう、へとへと……」

最近の嵐は、ずっと遊んでいたくて、他の事をさせようとすると癇癪を起こすようになった。そして、眠くなるまで遊んだ挙句、いきなり動きが止まって倒れるように寝てしまうから、風呂に入れそびれる事もあった。そして、翌朝は早くに目を覚まし、ようやく寝付いた十喜子を叩き起こし、「相手をしろ」とねだるのだった。

「颯の時も大変やったけど、あの頃は私も若かった。今はこっちが年をとってるから、余計に応えるねん」

「でも、十喜子さん、以前よりずっと若返りましたよ」

佳代はおかしそうに笑った。

「そおぅ？」

「ええ。息子さんが帰って来た時もそうでしたけど、どんどん本来の十喜子さんに戻って行ってるような……。私がお会いした時は、ご主人を亡くしたばかりで、気を張ってらしたように見えましたもの」

「あんな亭主でも、そらぁ、おらんようになったら心細いわよ」

進との、三十年近い結婚生活を思い返す。

独身時代はふらふらと職を渡り歩き、ようやく辰巳のもとで働き始め、十喜子との結婚を機に心を入れ替えたとばかり思っていた。だが、颯が生まれて間もない頃、進は突然、仕事を辞めてきた。

仕事上で必要な、調理師免許を取ったばかりの頃だ。

試験勉強用の教材を購入してもらったり、受験料も辰巳が支払ってくれたというのに、「免許を取った以上は、人に使われたない。自分の店を持つんや」と言い出し、あっさりと退職してしまったから唖然(あぜん)としたのを思い出す。

そして、将来は自分が焼いた皿で客をもてなしたいと夢を語ったり、偵察と称して友人と飲み歩くだけで、他店で修業する訳でもなく、いたずらに月日だけが経って行った。

「私の娘時代にはね、女性は結婚したら専業主婦になるのが幸せやと言われてた。奥さんを働かさへん。それが男の甲斐性(かいしょう)やった」

「へぇ……。私の男友達は皆、『奥さんに働いてもらわないと困る』って言いますよ」

「当時の私は、結婚した後も病院の事務仕事を続けてた。時代の先端を行ってたんやな」

颯を産んだ後も正社員からパートにしてもらって、時短で働いていた。進はあまり頼りにならなかったし、あの忙しさを極める仕事場が息抜きの場に思えるほど、十喜子の生活は慌ただしかった。

子供はすぐに熱を出す。月に二、三度は「迎えに来てくれ」と保育所から電話がかかってきて、昼休みに颯を迎えに行き、一旦自宅に戻って子供を寝かせ、そのまま仕事場に戻った事すらある。

「私がおった職場、シングルマザーが多かってん。ナースも薬剤師も資格を持ってるから、食いはぐれる事はないやろ？　せやから、男の横暴に我慢せんでも良かったんやな」

夫の稼ぎだけで暮らしていたなら、逃げ出したくても逃げられないのだ。

「せやけど、私は結果的に旦那を甘やかしてただけになってしもた。私のお給料をアテにして、あの人は好きなように生きてた。これが私の選んだ人生かと、力が抜ける時もあったわよ」

「懐が深いんですよ。十喜子さんは。そういう人のもとには、頼りたい人が集まってくるんです」

「私かて、誰かを頼りたいわ」

六

「キッチン住吉」を後にした十喜子は、いつもと何も変わらないはずの自宅が、妙に寒々しく感じた。

風呂を沸かし、ゆっくり湯船に浸かって身体を温める。そして、独り身の気楽さと、束の間の寂しさを満喫する。

——情が移って、手離したくなくなってる……か。

小さな子が一人増えただけなのに、嵐が来てから十喜子の生活は様変わりした。

保育所では一日に三度は着替えさせるし、汚れが酷くて浸け置く必要があったりで、洗濯にかかる労力だけでも倍以上になった。

そして、朝は洗濯機を回している間に嵐を保育所に連れて行き、帰宅後は洗濯物を干したら、休む間もなく仕込みを始める。日中は蛸を焼き、夕方はお迎えついでに町内の見回り。夕飯の買物をしたら、疲れを知らない子供の相手をしながら、食事、入浴、寝かしつけだ。

忙しい毎日だったが、こういう生活をしていると、ふと颯が小さかった頃を思い出す。

子供はあっという間に成長する。

大人の関心を引きたくてグズったり、甘えてくれる時期は、ほんの十年ほどで終わってしまうのだ。そんなかけがえのない時間を堪能する事なく、月日は十喜子の気持ちを置き去りにして、無情に過ぎて行った。

颯が荒れだした思春期には、赤子の頃、育児に手をかけなかったせいだろうかと思い悩んだ。だからこそ、嵐と一緒に過ごせる今の生活は、天からのプレゼントのように思える。

——子育てのやり直しはでけへんのになぁ……。

愚かだと思いながら、「ああすれば良かった」とか、「こう言えば良かった」と、過ぎ去った日々を悔いた夜を思い出す。

風呂から上がった後、湯冷めしないようにパジャマの上に色々と着込んでいると、表の方から嵐の声が聞こえてきた。随分と楽しかったようで、大声で奇声を発している。

「お帰り」

「おばーたん！　たらいまー！」

駆け寄ってくる嵐の手には、黒い刀身に水色の物体が巻き付いた刀が握られていて、振り回すと「ザバーン」と水音がした。

「かっこええなぁ。楽しかったか？」

「でんちゅーちゅー、みうのおちゅうー！」

威勢のいい声を出し、嵐が十喜子に向かってきた。

「わー、強い、強い」

刀を振り回しながら追い掛けてくる嵐から、十喜子は逃げ惑う。

「にでるな！　ひきょうものー！」

「はい、はい。何処にも逃げませんよ」と言いながら、十喜子は嵐を抱き上げた。

嫌々をするように十喜子の手の中で暴れ、手を放すと、今度は颯と菜美絵に向かって刀を振り上げる。

しばらく刀を手に走り回ってたのが、次第に動きが鈍くなり、がっくりと膝をついた。

「あ、もう寝るで」と言うと、「ねえへん！」と嵐は顔を上げた。だが、もう半眼になっている。そして、電池が切れたように、床に突っ伏した。

「今のうちに帰りなさい」

十喜子は小声で颯に囁く。

だが、菜美絵は名残惜し気に嵐の寝顔を見つめている。

「……駅まで一緒に行こか」

パジャマの上にコートを羽織ると、二人分のトランクを転がす颯と、嵐を抱いた菜美絵と共に家を出る。

「だいぶ遊んでもろたみたいやね。起きた時に菜美絵さんがおらんかったら、寂しがって泣きそうやなぁ……」

トランクを持った颯が先に歩くので、自然と菜美絵と並んで歩く恰好(かっこう)になった。

「また、すぐに帰ってくるっす。嵐をよろしくお願いします」

「菜美絵さん。いつまでも今のままでええんやろか？　こんな可愛い時期、あっという間に終わってしまうんよ……」

菜美絵の肩に頭をもたせかけ、指を吸っている嵐に目をやる。

「いっそ、私が東京に行こかな……。何もかも捨てて」

高校時代を過ごし、進と一緒に暮らした町を後にする。それは、生まれてから一度も大阪を出たことのない十喜子にとっては、大袈裟でなく一大決心だった。

俯いた菜美絵は、暫く無言だった。

「ガキの頃……」

唐突に菜美絵が発した声は、いつもよりトーンが低かった。

「自分の主食はコンビニの袋菓子とスポーツドリンクだったんす。それも、あればマシな方で、いつも腹を空かせてたっす」

あまりの事に、十喜子はすぐに返事ができなかった。

子供に食事を作らず、袋菓子とスポーツドリンクを与える母親の顔が、ぼんやりとして捉えられない。

「色んなご家庭があるもんね」

そう言いながら、苦いものが喉に絡まる。自分は菜美絵の何を知っていたのかと。

「そういう育ち方してるんで、自分は人とは違うんす。だから、嵐はお義母さんに育ててもらった方が幸せなんす」

「それは違うわよ」と言おうとして、保育所での食事を巡ってのやり取りを思い出していた。

——昼飯を一食抜いたぐらいで成長が止まったりしないし、ちゃんと大人になれるっす。

あれは、袋菓子とスポーツドリンクしか与えられなかった自分も、人並み以上に背が伸び、過酷なプロレスラーとして活躍できるぐらい頑丈に育った。

そんな菜美絵自身の経験から出てきた言葉なのだと気付く。

あの時の十喜子は正論を吐いて、菜美絵が何故、そのような事を言ったのか、理由を聞こうとしなかった。

高校生だった颯が自分のもとを去ったのは、同じ理由からではないか？

十喜子の脚は止まっていた。

父親のようにしてはいけない。きちんと育てよう。人並みにしよう。そんな風な考えに囚(とら)われ過ぎて、颯が何を考えているのか見えてなかったのではないだろうか？

急に立ち止まった十喜子に付き合ってか、菜美絵も歩みを止めた。

先に行った颯が、改札口へと続く入口の前に立ち、こちらを見ている。

「おーい。次の電車は五分後や。これ逃したら、次は二十分後やぞー」

顔を見合わせると、菜美絵は「年末年始には、またお邪魔しまっす」と言った。そして、自分の身体から嵐を引きはがし、十喜子に委(ゆだ)ねた。

寝ている子供の、温かな身体が腕に転がり込んできた。

「嵐。お母ちゃん、バイバイやで」

揺すってみたが、よく眠っていて目を覚まさない。

「お義母さん。嵐をよろしく頼みます」

「私、間違ってたかもなぁ……」

もう時間がないというのに、十喜子はもう少し菜美絵と話していたかった。

「何すか？」

「嵐のこと。保育所のご飯を食べへんの、大きな気持ちで見たら、そない気にすることもないかなぁ……って。今、菜美絵さんと話して思った」

菜美絵の視線が揺れ、頬が一瞬、紅潮したように見えた。

だが、すぐに元の厳めしい顔を取り戻した。

「嵐はお義母さんが作ったものを朝晩、食べてるんす。だから、何も心配する事はないっす」

けろりと言ってのけると、「そいじゃ」と言い置き、颯が待つ場所へと歩き出した。

二人が駅構内へと入り、姿が見えなくなった後も、十喜子はその場に立ち続けていた。

十喜子の身体を温める嵐の、その温もりが酷く切なかった。

蛸がとりもつご縁

「はーい。行ってらっしゃーい」

保育士達の元気な声に送られて、十喜子は保育所を出た。そして、一旦自宅に戻って洗濯物を干した後、トートバッグを手に家を出る。

バッグの中で、スマホが鳴った。

姑のルミ子だった。

家業を畳んだ後は京都の山奥に移り住んでいたのだが、颯一家のお披露目に参加するのに、久しぶりに大阪に戻ってきていた。親戚宅に暫く滞在した後、京都に戻ると言う。

『颯の嫁さん、傑作やったなぁ』と笑っているから、ほっと胸を撫でおろした。

ちゃんと説明をせず、いきなり会わせる格好になったから、随分と驚かせてしまった。だが、菜美絵が商店街の店主達に受け入れられているのを見て、ルミ子なりに気持ちの整理ができたらしい。

『ほんで、話は変わるんやけどな……』

ルミ子が神妙な声を出した。

『十喜子ちゃん、商店街に店を出す話、進んでないんやて？　辰巳の二代目から聞いたで』

商店街を取りまとめている「大番頭はん」も、先代の頃から付き合いのあるルミ子にかかると若造扱いだ。

「色々と考えてるうちに、私が東京に行った方がええんかなぁ……て迷てしもて」

『東京？　東京て、十喜子ちゃんがかいな』

「今みたいに親子を引き離しとくのんが、ええ事には思われへんのです」

『それは感心せんなぁ……。十喜子ちゃんの心配、分からんでもないけど、自分の居場所は作っとかんとあかんよ』

「居場所……ですか？」

『そうや。今、店を畳んで東京に行ったとして、子供はすぐに大きなる。手ぇかからんようになったら、十喜子ちゃんは用済みになるんやで。その時、どないすんのん。後悔せえへんか？　せっかくええ御近所さんがおって、これからも商売できるように、あんじょうしてもろてんのに』

シングルマザーとして、家業を切り盛りしてきたルミ子の言葉は説得力がある。

『それにな、私かてアテにしてるんやで。最期は十喜子ちゃんに看取(みと)ってもらいたいて。死んだ後のこと任せられるのん、十喜子ちゃんしかおらへんし』

ルミ子は離婚して以来、実家の姓を名乗っていて、元夫との交流を断っていた。岸本という姓は、実質的にはあってないようなものである。

だから、進が亡くなった時に実父である岸本何某かを訪ねて、その墓に進のお骨を入れるという選択はなく、迷わず一心寺にお骨を持参した。

一心寺は天王寺にあり、宗派を問わず納骨を受け付けている寺だ。遺骨は十年分をひとまとめにして阿弥陀如来像として造立され、お骨佛として供養されるから、十喜子も命日やお盆、お彼岸には欠かさずお参りしている。

「死んだ後って……、そんな寂しいこと言わんとって下さいよ」

『冗談やよ。私は十喜子ちゃんより長生きするつもりやし』

田舎暮らしをする際、進に「私が死んだら、骨は海に散骨して」と頼んでおきながら、結局は息子より長生きしている。糖尿の持病があったので、ずっと「長生きでけへん」と弱気だったのが嘘のようだ。向こうの暮らしが余程、肌に合ったのだろう。

『とにかく、短気を起こしたらあかんで。ほんなら、またな』

電話は唐突に切れた。

十喜子の意見を全否定された訳で、暫くスマホを手に立ち尽くしていた。

——お父ちゃんもお母ちゃんも、お義母さんも……。傍にいて欲しい人は皆、私から離れて行ってしまうんやなぁ。

気が付いたら、「ふうっ」と溜め息をついていた。

高校時代に父が亡くなり、母も七十までは生きられなかった。颯が家を出てしまった時には、「母が生きていてくれたら」と何度、思ったかしれない。

子育ての悩みを相談できる肉親が傍にいたなら、あの十年も少しは違ったものになり、十喜子が地域の見守りに精を出したり、夫の跡を継いでたこ焼き屋を商う事もなかっただろう。

頼りにならない夫を見限れなかったのも、身内との縁が薄い故の心細さからだった。

自分は弱いのだ。

弱いから、人の中にいたいし、傍に人がいなければ生きて行けない。必死で「自分は誰かの役に立っている」と思い込んで、自分を支えていた。その年月を省みた時に、「もっと別の人生があったのではないか」と、僅かばかりの後悔がないでもない。

これからは誰かの役に立つとかではなく、自分の為に生きよう。そう決めると、心持ち胸を張って歩く。途端に冷たい風が吹きつけてきた。

「おぉ、寒……」

師走に入ってから暫く暖かかったのが、ここ数日で一気に冷え込んだ。

十喜子は身を屈めながら、歩を速めた。風は冷たかったが、心はぽかぽかと暖かだ。

いつもとはコースを変え、住吉公園へと足を向ける。

今では市民公園となり、花壇や遊戯施設が並んでいる住吉公園は、元は住吉大社の境内で、中央を走る大きな道は表参道だった。その元表参道を西へと向かうと、大阪市と和歌山市を結ぶ国道26号線に突き当り、その道路に面して高灯籠が立っているのが目に入る。

高灯籠は日本最古の灯台で、二百メートルほど西にあったのを移設したものだが、この辺りが海だった頃の名残だ。

26号線を渡って、そのまま西に向かって行くと、ある地点から道幅が急に広くなる。そして、中加賀屋で右に折れると立派なアーケードが姿を現す。

近くに大規模な集合住宅がある商店街は、住吉鳥居前商店街より天井が高く、道幅も広い。ここにも、たこ焼きを売る店が幾つかあった。四個百円という懐に優しい価格で売る店を始め、何処も驚くほど廉価で売っている。

開店の準備を始めている店主夫婦を見ながら、ふと考えた。

――うちが今以上に安く売ろうと思ったら、仕入れを抑えんとあかんしなぁ……。

たこ焼き屋は気軽に始められる商売だ。

大阪では「一家に一台、たこ焼き器がある」と言われていて、家庭でも簡単に作れる。料理人の修業をしていない者が「自分もすぐに店を始められる」と考えるのも当然だった。だからと言って開業した店が全て、上手く行くとは限らない。誰でも始められる商売ほど、つぶれるのも簡単なのだ。

開業にあたって、進は味に関しては妥協せず、特に蛸は吟味して仕入れていた。そのおかげで「あの店のたこ焼きは美味しい」と評判になり、進が亡くなった後も続けられている。

　ここ数日、十喜子が歩いて行ける範囲にある店に足を運んでみたが、何処も似たようなものだった。商店街の一角、或いは自宅の軒先で店を構え、安い値段で売るという業態だ。今日も商店街と、その周囲を歩いてみたが、同じような印象だった。

　――やっぱり、繁華街まで行かんとあかんか。

　以前、颯と店の今後について話し合った時、「ミナミとかにある店を見て来いよ」と言われたのを思い出していた。

　その時は「住宅街の個人商店で、繁華街と同じような派手な事はでけへん」と反発していた。だが、決意を新たにした今は心境が変わり、視野を広げる必要を感じていた。

二

「ご無沙汰してます」

　たこ焼き鍋の手入れをしていると、襟元にファーをあしらったコートを着た女性が、軒下に立った。制服を着た男の子を伴っている。

　十喜子は窓を開け、通りへと顔を突き出した。

「ほんまご無沙汰やわぁ。香織さん。佑人くんも……、暫く見ん間にお兄ちゃんになって……。久しぶりに、おばちゃんのたこ焼き、食べる?」

はにかむように俯くと、佑人は小さく頷いた。

「実は、お昼ご飯、まだなんです」

申し訳なさそうにする香織。

「ほんならちょうどええわ。うちは今、中でも食べられるようにしたから、食べて行って。これから焼くから、ちょっと待ってもらうけど」

香織が笑顔で頷いた。

「さぁ、入って、入って」

「お邪魔します」

玄関を通りながら、中に目をやっている。

「そんな期待せんといて。大した事はしてへんのよ。目障りなもんをどけただけで……」

「他所のお宅にお邪魔したような雰囲気で、落ち着きますね」

そして、大テーブルに佑人と並んで座った。

たこ焼き鍋に油を染み込ませながら、香織に向かって話しかけた。

「ちょっと相談したいことあるんやけど、時間ある?」

「二時から人と約束してるので、それまででしたら」

時計を見ると、時刻は正午を回ったところだった。

「ほんなら、高速で作るわな」

材料は朝のうちに仕込みを済ませ、冷蔵庫で冷やしてある。キッチンポットの底からかき混ぜるようにして、冷たい生地をすくう。

生地をたこ焼き鍋に流した後、天かすや青葱を入れたバットから具を取り、生地の上にそれらを振り入れた。

「さぁ、できたてのアツアツやでぇ」

皿に載せたたこ焼きをテーブルに置くと、佑人が先に手を出した。

「佑人。『いただきます』は？」

「いただきます」

言うが早いが、爪楊枝でたこ焼きを突き刺し、口元に運ぶ。そして、ふうふうと息を吹きかけ、冷ましている。

「十喜子さんが作ったたこ焼きだと、佑人は本当に美味しそうに食べるんですよね。私が作ると、何か違うみたいで……」

「そら、お金を頂いてるんですから、簡単にご家庭で再現されたら困りますよ」

「そうですよね。いただきます。……あついっ！」

すぐに冷たいお茶を用意した。

初めて香織と会った時、彼女はたこ焼きを「下品なもの」と言った。息子の佑人が母親が作った食事を食べず、十喜子から貰った余り物のたこ焼きでお腹を膨らませていた事への腹立ちもあったのだろう。

その後、姿を消した佑人を探し出す手伝いをしたおかげで、彼女とは和解した。今では佑人の為に、自宅でたこ焼きを作る機会も増えたようだ。

「はい。冷たいお茶をどうぞ」

「……助かります」

瞬く間にたこ焼きはなくなった。

十喜子は湯を沸かし、新たにほうじ茶を淹れる。

そして、お茶を運んだ後、無造作に大テーブルに置いた柿の枝から実を三つもぎ取り、フルーツナイフで皮を剝いた。

「見事な枝ぶりですね。実も小粒で可愛い……」

「お義母さんが送ってきてくれたんよ。茅葺の家の庭に植えられた、樹齢百年以上は経ってる露地柿」

種が大きく、食べられる部分が少ない柿は、天然のジャムかと思うぐらい甘い。食べやすい大きさに切ったものの、種の周りに果肉がへばり付いているような有り様で、それでも香織は美味しそうに目を細める。

「本当に甘い……。流通している市販の柿にはない、チョコレートみたいな濃厚な食感ですね」

「幾つか持って行く？　ジャムとかドライフルーツにしても美味しいみたいよ」

返事を待たずに、紙バッグに枝からもいだ柿を入れる。

「あ、でも、今のままお店に飾っておいた方が……。壺に生けたら、見栄えがしますよ」

「ええねん。そんな洒落た店でもないし、いつまでも置いといて腐らしたら勿体ない」

「では、お言葉に甘えて……。良かったね。佑人」

佑人は小さな柿を一つ、大事そうに手に持ち、撫でていた。

「この子、柿が大好物なんです」

「へぇ、珍しいね。保育所の先生は、子供らがデザートの果物を食べへんて難儀したはるわよ」

給食を食べない件で注意された嵐だけでなく、他の保護者も「家で果物を食べさせて下さい」と鶴川先生から声をかけられていた。

「やっぱり、香織さんの食育がええねんなぁ」

香織は独身時代に「北浜ロール」という有名なお菓子のレシピを考案したほどの腕前で、今は料理研究家として活躍している。十喜子の店でも、たこ焼き器を利用したベビーカステラを作る際に、香織に協力してもらった。

「仕事の方はどない？」

「おかげさまで、少しずつ増えて行ってます」

いずれは、自宅で料理教室を開きたいと言う。

「そうかぁ……。実はまた、香織さんの知恵を借りたいねん。プロを相手に、交換条件が貰いもんの柿というのは、ちょっと申し訳ないんやけど……」

「何なりと仰って下さい」

「たこ焼きの売り方を考えてるねん。そろそろ商店街に出す店の話、詰めて行かんとあかんのに、ええアイデアが浮かばへんのよ。ここ何日か、この辺の店を見て回ってるんやけど、何処もうちと大差ない。建物とか余分なもんにお金をかけんと、安く売る。もちろん、店を新しくするからゆうて、洒落た感じにする気はないわよ。せやけど、商店街には既に同じような店があるから、何か工夫したいんよ」

「そうですか……」

香織は何か考えるような素振りをした。

「新しいお店はテイクアウト専門じゃなくて、中でも食べられるようにするんですよね？だったら……」

傍らに置いたフェンディのバッグから、しなやかな仕草でスマホを取り出す。スマホケースは、キルティングされた革製だ。

「イチ押しは、ここです」

スマホの画面には「創作料理たこぐち」の名と共に、洒落た店の外装が表示されている。

半地下の、一見レストランのようなガラス張りの店舗で、庶民的なたこ焼き屋ではないのが一目で分かる。

詳細を読むと、昼はたこ焼きと飲み物を提供しているが、夜はフレンチをベースにした創作料理を出す店だった。

「うわぁ、これはちょっと無理やわ。うちの客層を考えたら、お洒落過ぎるし」

たこ焼きはあくまで大衆の味だ。ましてや、十喜子の店を訪れるのは近所の人達だから、気軽に足を運べる店にしたい。

「でも、ご近所にあるのは、何処も似たようなお店だったのですよね。今さら特徴のない店を視察しても意味がないのではないでしょうか?」

香織に諭され、はっとする。

「同じ事をやれというのではありません。こういうやり方もあったのかと、何らかの発見があればと思って……」

画面をスクロールし、場所を確認した。

最寄り駅は長堀通りの西大橋で、ちょうど新町遊郭があったあたりだ。

「へぇ、新町か……」

何かご縁を感じた。

住吉大社の神事には、花街がスポンサーになっていたものが多く、中でも新町遊郭は、めていた。
六月の御田植神事に参加していて、遊郭から選ばれた芸妓が宮司とともに大きな役をつと
「新町やと、気軽にそこまでというノリでは行かれへんから、とりあえず店の休日に嵐を連れて一緒に行ってみるわ」
香織は、ほっとしたように微笑んだ。

三

「いーやーっ！　おばーたん、返して！」

おもちゃの刀剣を取り返そうと、嵐が十喜子の膝を叩く。

「こんなもん、電車の中で振り回したら危ないやろ」

出がけにグズるので、根負けして持たせたのが間違いの元だった。

本体と刀身を合体させると、長さが六十センチ以上になる上、ボタンを押すと効果音が再生される、やかましい代物だ。本来は六歳以上を対象にしたおもちゃなのに、先日の休暇中、そんな事はお構いなしに、颯が買い与えてしまったのだ。

「家に帰るまで、おばあちゃんが預かっとくさかいな」

分解した刀剣をバッグに入れ、しっかりとファスナーを締めた。

「いーやーやー！　いーやーやー！　おばーたん、悪い！　おばーたん、悪い！」

ゴネた挙句、ついには床につっぷして泣き出した。周囲の客の目が痛い。

仕方なく抱き上げて、次の駅で降りたが、十喜子の腕の中でももがくので大汗をかく。早生まれで、同じクラスの子達よりは小柄だったが、それでも体重は十キロを超えている。腕の中で米袋が暴れているようなものだ。

「嵐、ブーブーに乗ろか。嵐の好きなブーブーやで」

タクシーを拾って乗り込むと、少しは気が紛れたらしい。嵐は座席に膝立ちになり、窓に貼(は)り付いて車外の風景に見入っている。

――地下鉄は外が真っ暗やから、子供には退屈なんやねぇ。

大人しくなったのを確認すると、そうっと靴を脱がせる。

「ここでよろしいか？」

タクシーは、鶴見緑地(つるみりょくち)線の西大橋駅の地上出口前に停車した。

「ありがとうございます。あ、おつりはよろしいわ」

「へい。おおきに」

店舗のホームページに記載された地図を頼りに、なにわ筋に沿って北上し、長堀通りから数えて二つめの角を曲がった。

「創作料理たこぐち」はすぐに見付かった。

五階建ての煉瓦(れんが)造りの建物に目立つ看板が取り付けられ、道路から一段下がった半地下に店はあった。

ガラスのドア越しに覗くと、ランチタイムの終了が近いにもかかわらず、ほぼ満席だった。

表のメニュー表に値段が書かれていたから、店に入る前に確認する。たこ焼きは十四個で千円。ソフトドリンクかハウスワインとのセットで千五百円、スパークリングワインを選ぶとプラス五百円とある。

――うわぁ、強気な値段やなぁ。

事前に調べて、値段が高いのは分かっていたが、いざ店の前に立つと入店が躊躇われた。入ろうかどうか迷っていると、店主が気付いて外に出てきた。頭に手拭いを巻いた男性だ。ふっくらとした身体に、シェフコートがよく似合っている。

「ご予約の方ですか?」

「あ、いえ……」

「お一人分のお席でしたら、すぐにご用意できるんですが……」

店主は十喜子から嵐に視線を移し、微笑みかけた。

「この子は膝に乗せます。大丈夫ですか?」

優し気な笑みにつられ、そう尋ねていた。

「もちろんですよ。さぁ、どうぞ」

ドアが大きく開かれ、十喜子は中に引き入れられた。

思わず「うわぁ」と声が出ていた。

店の中央には、厨房を取り囲むように、馬蹄形のカウンターが回されていた。カウンターの頭上にはホルダーが取り付けられ、ワイングラスが吊り下げられている。

とても、たこ焼きを出す店とは思えず、十喜子は暫く立ったまま店内を観察していた。

来店しているのは若い世代が多く、子供連れや十喜子と同年代の者は見当たらない。ちらりと見ると、たこ焼きは小ぶりで上品な見た目だ。

「どうぞ」

店主がおしぼりを差し出してくる。

テーブルに置かれたメニューによると、ソースが何種類か用意されていて、好みに応じて選べるようだ。まず、塩チーズがけに目をひかれた。他にもソースマヨネーズ、醤油、醤油マヨネーズ、わさびマヨネーズと選択肢があった。

店主にお勧めを聞くと、やはり粉状にしたチーズと塩をふりかけたものがお勧めだと言う。ハーフも注文できるので、半分は何もかけず、残りをチーズがけにしてもらうよう頼んだ。

「もし、よろしければ『利き蛸セット』をいかがですか?」

明石と北海道、モロッコの蛸三種が食べ比べられるという。

「それもお願いします」

「お飲み物は如何いたしましょう？　ハウスワインでも十分美味しいですが、利き蛸にはスパークリングワインが合いますよ」

勧め方も如才なく、なかなかの商売上手だ。

「せっかくやから、スパークリングを頂こかしら」

「かしこまりました」

店主は冷蔵庫から蛸を取り出すと、切っ先が四角い形の刺身包丁で薄造りを仕立てた。続いて、ブツ切り。

産地と切り方に変化をつけた蛸の三種盛りが、板皿に載せられて十喜子の前に置かれる。

「調味料は右から醬油、わさび醬油マヨネーズ、辛子酢味噌とご用意しました」

そして、フルートグラスを用意すると、泡のたつワインを注いでくれた。

まず水を飲んだ後、薄切りの蛸を箸で摘んだ。

「美味しい……」

蛸にはこだわりがあり、わざわざ伊勢川に細かい注文をつけている十喜子だったが、この店で使われているのは刺身で食べても美味しい蛸だ。否が応でも期待が高まる。

「嵐、蛸さんやで」

箸で口元に持ってゆくが、そっぽを向く。

「あれ？　ばーばが作ったたこ焼きは食べるのに、蛸はイヤなんか？」

無理に食べさせる事もないと思い、美味しい蛸を十喜子は一人で堪能した。

普段飲みつけないワインは、美味いのかどうか分からないが、飲みやすいせいか、すいすいと減ってゆく。

——あかん、あかん。たこ焼きの分を残しとかんと。

小さな子供を連れているのだし、昼間から酔っぱらう訳にはいかない。半分ほど飲んだところで脇に置く。

「お待たせいたしました」

まず最初に、味付けされていないたこ焼きが出された。艶消しの黒い丸皿の真ん中で、身を寄せ合っている。

しっかり出汁の味がする生地は、ソースなどつけなくても美味しい。客の顔を見てから焼くから、表面はさくさくと香ばしいのに、中はとろりと熱い。

蛸は国内の産地ものかと思いきや、そうではなかった。

「明石産のマダコは、甘辛いタレで煮込んで食べると美味しいんですけど、身が締まりすぎていてたこ焼きには向かないんです。うちではモロッコかモーリタニア産を使ってます」

蛸には他にミズダコやイイダコといった種類があるが、たこ焼きに使うのはマダコだ。

そして、たこ焼きに入れる場合、身が固いよりは柔らかい方が食べやすい。

——進くんも似たような話をしてたなぁ……。

とかく近海ものが珍重される魚介だが、モロッコの蛸は伊勢海老や鮑を食べているから、適度な締まりがありながら身が柔らかいのだと。それは「食品日用雑貨のタツミ」の惣菜部門で働いている時や、たこ焼き屋を始めてから営業に来た業者が持ち込む複数の産地の蛸を食べ比べた経験から、導き出した答えだった。

進の考えを十喜子も踏襲し、伊勢川にはモロッコ産のタコで、それも雄より身が柔らかく、吸盤の大きさが揃っている雌を仕入れてもらっている。

「うーうー」

膝の上で嵐が身をくねらせた。

味見に夢中で嵐に食べさせてやるのを忘れていた。

「ごめん。ちょっと待ってや。熱いから……」

たこ焼きを二つに割り、十分冷ましてから食べさせる。だが、すぐに吐き出してしまった。

無理やり大人の用事に付き合わされて、面白くないのだろう。電車の中でおもちゃを取り上げられたのを思い出したのか、また不機嫌になっている。

「お待たせしました。今からチーズをふりかけます」

同じく丸い皿に小粒のたこ焼きが七つ載って出てきた。そこに、店主はチーズグレーターを使って削った粉チーズを、これでもかとばかりにふりかけてゆく。

思わず「わぁ」と声が出ていた。

熱いたこ焼きに触れたチーズは、見る間に溶け出してゆく。

十喜子の店でもチーズ入りは人気メニューだ。また、テイクアウトでは出していないが、出来上がったたこ焼きの上にピザ用のチーズをふりかけ、余熱で溶かすチーズ焼きは、一度食べた者は必ずリクエストするぐらい美味しい。

――そうか。ピザ用のチーズやなくて、粉チーズにしたら、もっと簡単に出せるやないの……。

手間がかかるので、これまでチーズ焼きは商品化を考えていなかった。だが、粒子の細かいチーズを用いれば問題は解決する。

「いただきます」

一口食べると、チーズの香りが口いっぱいに広がった。

自分の店で出しているものとは別物というぐらい、上品な味だ。

――こんなたこ焼き、初めてやわ……。

確かにビールではなく、ワインに合わせるのが正解だ。

「嵐も食べてみ」

半分に割ったたこ焼きに、たっぷりとチーズをまぶして口元へとやる。だが、嵐は十喜子が差し出すたこ焼きを手で払いのけた。

「いーやーやー！　いーやっ！」

「あっ……」

気付いた時には遅かった。

弾かれた拍子に勢い余って、手でワインが入ったグラスを床に落としてしまった。グラスが砕け散る音に驚いたのか、火がついたように嵐が泣き出す。

「もぉ、こっちが泣きたいわ……」

膝に乗せていた嵐を椅子に座らせ、割れた破片をかき集めようと腰を屈める。

「あ……」

ぴりっとした痛みが指先に走った。

手元を見ると、人差し指からつーと血が流れていた。うっかりガラスで切ってしまったようだ。咄嗟におしぼりで指先を押さえていた。

「大丈夫ですか？」

カウンター越しに、店主が覗き込む。

「すみません。グラスを割ってしまって……」

「そんな事より、血が……」

店主は吊戸棚から清潔なタオルを取り出し、十喜子の指を覆った。そして、止血する為に、タオルの上からしっかりと押さえ込んだ。

白いタオルは、瞬く間に赤く染まる。

その間も、嵐の泣き声が店内にこだまする。

ちょうど対面に座っていた二人組の若い男女が、「あーあ」という顔をしたから、申し訳ない気持ちになった。彼らの皿にはまだ、たこ焼きが幾つか残っているというのに、男性が「お愛想っ！」と店主を呼んだ。

「ここ、ご自分でしっかりと押さえてて下さいね」

店主はタオルから手を離すと、二人組の会計を始めた。お金を受け取った後、表にまで出て見送っているから、そこで謝罪しているのだろう。

ひきつけを起こしたように泣きじゃくりながら、嵐が十喜子にしがみついてきた。が、抱いてやっても、身体をそっくり返して泣き続ける。

「どないしたん？　今日は……。もうちょっと聞き分けてぇな」

途方にくれていると、客を送り出した店主が戻ってきて、十喜子の膝から嵐を抱き上げた。

「おじさんと一緒に、ちょっとお散歩しようか」

いきなり知らない男性に抱き上げられたからか、気圧されたように嵐は泣き止んだ。

「もう、ラストオーダーは終了してますから、お気になさらずに。そのままお座りになってお待ち下さい」

店主は嵐を抱いたまま外に出ると、表に「CLOSED」の札をかけた。

生温かい子供の身体が剝がされ、十喜子は自分がびっしょりと汗をかいているのに気付く。今日は寒いからと、嵐には厚着させていたが、店内には暖房が効いていた。もしかして、暑くてグズっていたのだろうか？

壁にかけた時計から、軽快なメロディが流れてきた。

店主が出て行ってから、もう十分以上が経過していた。いつまでこうしていればいいのだろうか？　不安に思い始めた頃、ようやくガラス戸の向こうに店主の姿が見えた。

「眠かったようですね」

嵐は店主の肩に頭をもたせかけ、眠り込んでいた。

そう言えば、保育所ではこの時間に昼寝をさせていた。

「ちょうどスペースがあるので、そこで寝かせてやりましょう」

その視線の先に、木箱を繫げた台があった。

店主は片手を使って器用にひざ掛けを台に敷くと、そっと嵐を横たえた。

一瞬、身体をびくりとさせ「ふえ……」と泣き声をあげたが、店主がとんとんと身体を叩いてやると、再び眠りに落ちた。

「何から何まで、すみません。すぐに連れて帰ります」

「せっかく気持ちよさそうに眠ってるんですから、お時間さえ良ければ、目が覚めるまで寝かせてあげて下さい」

「でも、お仕事の邪魔になりますから……」

恐縮する十喜子に、店主は「沢井さん」と呼びかけた。

「え？」

沢井とは、十喜子の旧姓だった。

「何故、私の名を？」

店主はほっとしたように微笑んだ。

「やっぱり、沢井さんだ……。僕の事、忘れてしまいましたか？」

まじまじと相手の顔を見る。

「無理もないですね。すっかりお腹も出ちゃって……」

シェフコートに包まれたお腹を摩る。

「僕は昔、沢井さんに美味しい焼きそばの店に連れて行ってもらいました。商店街の中にある、ちょうど今の僕達ぐらいの年齢のおばさんがやってた店に。お祭りの後で……」

突如、三十年以上も前の記憶が蘇ってきた。

「もしかして諸口さん？　ブリ子の友達やった」

「そうです。圭介です」

よくよく見ると、店主の顔立ちには確かにその面影があった。ただ、当時の圭介はこんな風に愛想笑いをしたり、調子良く喋る男性ではなかった。おまけに随分と大柄になり、貫禄が出ていたから見違えた。

「いやぁ、懐かしい。ブリ子とも長いこと会うてへんのよ」

「あの眼鏡をかけた子は？」

「アラレのことかな？　あの子とも、何となく行き来がなくなったなぁ。そうそう。私も亭主に先に死なれてね……。もう四年になる」

「そのご主人というのは……」

「諸口さんと会うてた時、彼氏と別れたばっかりやって言うたよね？　結局、あれからヨリを戻して、そのまま一緒になった」

すっかり埃をかぶっていた記憶を手繰り寄せる。思いの外、よく覚えていたから自分でも驚く。

圭介には当時、意中の女性がいた。ブリ子に紹介されて、何度かデートしたが、圭介は彼女を忘れられず、そして十喜子も圭介とは何か相容れないものを感じて、二人の仲が進展する事はなかった。

無邪気を装って「あの時の彼女とは、どうなったん？」と聞いても良かったが、何故か躊躇われた。

「でも、諸口さんがシェフになるやて、あの頃は想像でけへんかった」

「三十歳で脱サラして、この道に入ったんです」

　圭介の口調が滑らかになった。

「ある時、会社の取引先の人に、この近くで営業していたビストロに連れて来られてね。衝撃を受けたのが始まりだった」

　それ以来、給料日には必ず店に寄るようになり、ある時から勤めを辞めて、料理人になりたいと考えるようになっていたのだと言う。

「僕の師匠は、それはそれは厳しい人だったけど、僕が独り立ちできるように、商売のイロハを叩き込んでくれた恩人なんだ」

「未経験者は採用しない」と言う店主に無理を言って弟子入りさせてもらい、厨房の掃除から始めて、仕込みを任されるところまで勤めあげたそうだ。

「そこで働き始めて十年ぐらいだったかなぁ。師匠が店を兄弟子に譲って、自分は田舎で開業すると言い出して……。ちょうどいい機会だから、独り立ちしたんです。この辺り、洒落たビストロやフレンチはたくさんあるから差別化したくて……。で、ランチタイムはたこ焼きを出すのを思いつきました」

　狙いは当たって、何とか儲けは出せるぐらいに売り上げているというのだから、大したものだ。

出会った頃の圭介は、トレンディドラマに出てくる俳優のように、すらりとした体形にサラサラの髪をなびかせていて、泥臭い修業を好むタイプには見えなかった。流行り物を追い掛け、好きな女性の歓心を買う為に背伸びしたり、そんな若者らしい青臭さがあった。それが今ではすっかり大人の男性になっていて、時がこうも人を変えるのかと驚かされる。

「私、今は住吉鳥居前商店街の近くでたこ焼き屋をやってます。近くにお越しの際には、覗いて下さい」

「粉もん好きが高じて、自分でも店をやるようになったんですか？」

二十代の頃を思い出し、笑顔で顔を見合わせる。

「近いうちに、沢井さんのお店にお伺いしますよ。で、店の名前は？」

「店の名前ですか？　実は……ありません」

圭介が呆気に取られたように口を開き、半笑いになった。

「ないんですか？　店名が……。それでは、訪ねようがないというか……」

話は弾み、まだ色々と話したい事はあったが、長居するのも迷惑だ。ディナータイムの準備や、圭介自身が食事する時間も必要なのだから。

「タクシーを呼んでもらえますか？」

圭介がタクシーの配車を頼むのを聞きながら、嵐を覆ったひざ掛けをそっと剝がす。嵐はひざ掛けの端を摑み、口に入れてしゃぶっていた。

「あれからすぐに御結婚されたんですよね？　……という事は、お孫さん？　可愛いなあ」

戻ってきた圭介は、嵐の顔を覗き込むと、その頰をそっとつついた。

タクシーはすぐに到着した。

「お気をつけて」

タクシーに荷物を運び入れるのを、圭介は手伝ってくれた。

「クリーニングして、なるべく早くお返ししますね」

取り上げると、また目を覚まして泣き出しそうだったので、ひざ掛けで包むようにして、嵐を抱いたままタクシーに乗り込んだ。

「いやぁ、元から汚れてるのに、かえって申し訳ないです。どうか、お気遣いなく。あ、今度は是非、ディナータイムに来て下さい。蛸を使った創作料理もお出ししますよ」

ふと、良いことを思いついた。

「ええ機会やから、いっぺんブリ子に連絡してみます。良かったら今度、皆で会いましよ」

そう伝えた瞬間、運転手がドアを閉めた。

四

「どないなるんかと、冷や冷やしてたんでっせ。やっと、動く気ぃになってくれたんですな」

十喜子の目の前で、大番頭はんこと辰巳龍郎の眉尻が下がった。いつもの如く、「食品日用雑貨のタツミ」と店名が入った法被を着ている。

「すいません。孫を預かる事になって、計画をいっぺん白紙に戻したでしょう？　せやさかい、腰が重なってしもて」

昼下がりの「ひまわり」には、十喜子と辰巳の他には、ママがいるだけだ。

「やっぱり小さい子がおると大変なんです。落ち着いて物を考える時間がないのに、色んな心配事が頭に浮かんできたりで……。一時は、私が東京に行った方がええんかと思い詰めてしもて……」

「東京？　あんさんが？」

「頭の中で考えただけです。私は何処にも行きません」

一瞬、目を剝いた辰巳だったが、十喜子の言葉に安心したのか、いつもの顔に戻った。

「さぁ、今から大車輪で進めんとあきまへんで。急いては事を仕損じると言うけど、物事を動かす時は一気にちゃちゃちゃちゃーっと……」

そこまで言って、辰巳ははっとしたように時計を見た。

「あかん。今日は取引先の人が来るんやった」

そして、振り返ると、柏手を打つように手を鳴らした。

「ママ。そろそろ始めまひょか」

客もいないのに、先程からカウンターの中で忙しく動いていたママは、今日はヒョウ柄のジャガードニットに、御揃いの柄のカチューシャをしている。

「新しいメニューを考えたから、ちょっと試して欲しいねん」

コーヒーの他に、カリっと焼き目のついたパンを載せた盆が近付いてくる。

「あれ？　ホットサンド？」

「うん。自信作やで」

ママはナイフでホットサンドを二つに切った。中からとろりとチーズが混じったソースが覗いている。

「これは、これは。なかなかイケまんな」

豪快にかぶりついた辰巳は、口の端にパン屑がついているのに気付いていない。

「ミートソースとホワイトソースを一緒にしてあるんですね」

十喜子の言葉を聞くなり、ママが胸を張った。

「こないだラザニアをご馳走になってな。その時に思いついてん。パンに挟んで、チーズと一緒に焼いたら、美味しいんちゃうかって」

　さすがチーズが好きなだけある。

「ランチタイムに、コーヒーとサラダを付けて売り出そて考えてるねん。女の人やったら、これで十分お昼ご飯になるし……」

「モーニングで出すのはどうです？　今は厚切りトーストと茹で卵を出してますよね？　卵を抜いて、ホットサンドとコーヒーだけにしたら、採算が取れるんやない？」

「十喜子ちゃん、何を冗談言うてくれてるのん」

　ママが、ぱしんと十喜子の肩を叩いた。

「コーヒー代だけで、こんなん出してたら、すぐに店が傾くわ」

「ほんなら、プラス百円で売るとか。追加料金払ってでも、食べたい人はおると思う」

　改めて、ホットサンドとコーヒーを交互に口に入れてみる。

「ママ。今日のコーヒー、いつもより濃ゆない？」

「さすが十喜子ちゃん。豆を替えてるんよ。アイスコーヒーに使うような、深煎りの豆に。いわゆる、炭火コーヒーみたいなもん。イタリアンて、最後がエスプレッソやよね？　せやから、コーヒーも濃い目にしてみた」

　パンチのきいたホットサンドには、これぐらい濃いコーヒーが合うのだろう。

「これ、うちでも作りたい。後で作り方を教えて下さい」

「簡単やよ。八枚切りのパンを二枚用意して、マヨネーズを塗った後に材料を挟んだら、後はホットサンドメーカーが焼いてくれる」

辰巳がぱんぱんと手を叩いた。

「盛り上がってるとこ悪いけど、ワタイ、今日はあんまり時間がおまへんのや。今日の議題は、『純喫茶ジェイジェイ』の改装でよろしいな?」

最近、見守り隊の会議の話題は、もっぱら十喜子の店の話が中心だ。

「外装やけどな、いっそ寿司屋(すしや)みたいにしはったら?」

ママが「寿司屋って……」と、呆(あき)れたように言う。

「大番当はん、寿司屋やなくて、せめて町家風てゆうてや。今は町家の造りを生かして、イタリアンとかフレンチの店にしてたりするやん。こないだ行ったイタリアンも、そんな感じやったよ。ああいう店にして、十喜子ちゃんが着物で接客するとか」

十喜子は笑った。

「そんな小洒落た店にしたら、お客さんが落ち着かへんでしょ。だいいち、いずれ颯と菜美絵さんに譲るんやから、Tシャツにパン、頭にバンダナで接客しても違和感ないようにしとかんと」

だが、外観を町家風にするのは良いアイデアだと思った。それなら、住吉大社の門前町に相応(ふさわ)しい佇(たたず)まいにできる。

「食器はどないすんのん？」

十喜子の胸の内を測ったように、ママが聞いてくる。

進が焼いた皿は使い勝手が良かったが、圭介の店を見た後だと、いかにも素人の手慰みに見える。

「『ひまわり』では、どないしてるんですか？」

ホットサンドが載った皿に目を落とす。

「うちは業務用を使てる。親の代から」

水が入ったグラスはスタッキングできるタイプで、強化ガラスが使われている。そして、コーヒーカップとソーサーはカタログの先頭に掲載されるような、素っ気ないほどシンプルな白い磁器製だ。

「うちに来る客は誰も食器なんか見てへんし、このタンブラーなんか少々手荒に扱うても割れへん。定番の商品やから、割れてもすぐに同じのんを買い足したらええ。結局はこういうんが飽きひんし、安上がりでええんよ」

一旦、奥に引っ込むと、古びたカタログを手に戻ってきた。

「今はネットで注文できるけど、親はこういうのを使てた。業者が持ってきてくれてたんやわ」

分厚いカタログには、何万点もの食器が掲載されている。

「町家風にするんやったら、和食器がええと思うんです。せやけど、伊万里(いまり)風とかは何か違う気がするし、漆とか木の器も……」

いつしか考え込み、難しい顔をしていたのだろう。ママが笑った。

「十喜子ちゃん。食器は凝り出すとキリないわよ。まぁ、和風に寄せるんがええとは思うけど、漆器は傷がついたり、塗りがハゲたりしたらババちなるから、プラスチックの中から、安っぽく見えへんのを選ぶのがええんちゃう？」

「プラスチックは、ちょっと……」

話しながら、ママは親の跡を継ぐ形で店を経営している事実に思い至る。ママの代になって、かれこれ二十年は経つが、壁紙を貼り替えたり、新しい料理をメニューに加えるぐらいで、十喜子の独身時代から、外観や中の造りを大きく変えていない。

新規で店を始める時には、食器はどのぐらい用意すればいいのか？　どのタイミングで発注すれば良いのか、恐らくママには答えられない。

相談できる相手はと考えた時、圭介の顔が思い浮かんだ。

そして、慌てて打ち消した。

——幾ら何でも、昔に何度かデートしたきり、ずっと不義理をしてた相手に、そんな相談事は持ち込まれへん。厚かまし過ぎる。

十喜子は自分の思い付きに蓋(ふた)をした。

五

「今日の晩御飯は、美味しいホットサンドやでぇ」

嵐の手を引きながら、加茂さんに教えてもらった、親子三世代の女性で経営しているパン屋を訪ねる。

阪堺線の軌道沿いに建つ店は、白い壁に木製の窓枠と扉が目印だ。窓枠の一部が赤くペイントされ、それがアクセントになっている。

「いらっしゃいませ」

十喜子が店の前に立つと、すかさず声がかかる。

窓の下にガラスのショーケースが張り出され、その中に並べられたパンを指定して買うという、対面式のパン屋だ。クロワッサンやチョコレートが入った菓子パン、渦巻形の小さなパンなど種類がたくさんあり、見ているだけで楽しい。

「おひさまー、おひさまー」

嵐がショーケースの中を指さし、しきりに何か言っている。

「こんにちは。僕」

十喜子より少し若い女性が窓から身を乗り出して、嵐の顔を覗き込む。

「目玉焼きが載った、おひさまパンだねぇ」

食パンの上にマヨネーズと目玉焼きを載せ、一緒に焼き上げられた食事パンだ。

くるみやレーズンが入ったハード系のパンはワインに合いそうだったし、食パンも全粒粉や蜂蜜が入ったものなど豊富に揃っている。色々と目移りしたが、十喜子が選んだのは一番シンプルなタイプの食パンだった。

「一斤を八枚切りにしてもらえますか？」

女性がショーケースの中から一本の食パンを取り出すと、年配の女性が受け取り、スライサーで切って行く。母と娘だろうか？　パンの生地のようなふっくらとした丸顔と、優しく細められた目がよく似ている。

スライスされたパンを包装するのは、一番若い女性だ。

窓辺の上に吊るされた何種類ものリボンから、グリーン系を選んで綺麗に結んでくれた。

「ありがとうございます」

嵐が十喜子のコートの裾を引っ張り、「自分に持たせろ」と言って聞かない。持ちやすいように、持参したスーパーの手提げ袋に入れてやる。

その足で住吉鳥居前商店街へと寄った。缶詰のミートソースとチーズを購入する為だ。

「おや、お十喜さんやおまへんか。へぇ、お孫さんも御揃いで」

「食品日用雑貨のタツミ」の店頭で商品を物色していると、中から辰巳が顔を出した。

「今日は、よう会いまんなぁ」と軽口を叩きながら。

「さっき、ママから教えてもろたホットサンドを、自宅で作ってみよかと思って」

「そら、今からよばれにいかんとあきまへんな」

奥から「社長ー！」と呼ぶ声に、辰巳が振り返った。その隙に「ほんなら、また」と、レジに向かった。

帰宅して、保育所から持ち帰った洗濯物を仕分けしていると、スマホに着信があった。香織からの返信だ。朝一番に「昨日、『たこぐち』を訪問した」と、メールしておいたのだ。

『お店も素敵だけど、店長、いい人でしょ？』

末尾にそう結ばれていたから、「知り合いだったのか」と苦笑が漏れる。やけに熱心に勧めていた理由に納得がゆく。

——人のご縁て、不思議やわぁ。

十喜子が圭介と知り合った頃、香織はまだほんの子供だったのに。

「おばーたん。ガラピコぷ〜」

「はいはい。テレビな」

嵐の為に子供番組にチャンネルを合わせ、夕飯の準備にとりかかる。

「さて……と。まずは、ホワイトソースからやね」

鍋に冷たい牛乳を注ぎ、小麦粉を入れて塩コショウをする。その状態で泡だて器を使って粉を溶かすと、小さく千切った無塩バターを入れて火にかけ、混ぜ続ける。

本格的に作る場合は、鍋で溶かしたバターに小麦粉を振り入れた後に牛乳を足してゆくのだが、家庭用ならこれで十分だ。今日の夕飯に使う分と、冷凍しておく分に分けて冷ましておく。

次に、吊戸棚の中にあるはずのホットサンドメーカーを探す。椅子に乗ってガサゴソしていると、嵐が近付いてきて、興味深そうに見上げてくる。

「あった」

進が買ってきたものは、小型のフライパンを上下合わせたような構造で、直火にかけて使用するタイプだ。

長らくしまわれていたので、一度綺麗に洗った。そして、耳を切り落とし、マヨネーズを塗った食パンを一枚敷いた。その上にミートソースとホワイトソースを混ぜたソースとチーズを重ね、もう一枚の食パンを載せた後、挟んで焼く。

火が通る間、十喜子は生前の進を思った。

「焼きおにぎりを作るのに、ちょうどええ」と言いながら、このホットサンドメーカーでウインナーを焼いたり、焼きナスを作るなど、一人分のおつまみを調理していた。

嬉しそうに台所に立つ姿を、当時は「気楽でええね」と冷ややかな目で見ていたが、挟んだ状態でひっくり返せば裏面も焼けるので、嵐の為にハンバーグを焼くのに使える。あとは、皮にむらなく火を通すのが難しい餃子(ギョーザ)や、目玉焼きを綺麗に焼きたい時にも重宝しそうだ。

あれこれと考えているうちに、パンが焼ける匂(にお)いが漂い始めた。

頃合いと見て開くと、綺麗な焦げ目がついている。鉄板の内側に斜めのストライプ柄が入っているので、パンを焼くと表面に焼き柄が入り、見た目がお洒落だ。

半分に切り、少し冷ましてから食卓へと運ぶと、嵐が椅子によじ登る。

「『ひまわり』のママに教えてもろた、特製ホットサンドやでぇ」

さらに小さく切ってフォークに刺したパンを渡すと、嵐はじっと眺めた後、ぱくりと口に入れた。

「んべっ!」

まだ熱かったようで、すぐに口から出してしまう。

「ごめん、ごめん。ふーふーして」

十喜子は手にしたホットサンドに、すぼめた唇で息を吹きかける。嵐も真似(まね)して、ふーふーと一生懸命、フォークに刺したパンを冷ましている。

「そろそろええかなぁ?」

恐る恐る、端の方を齧(かじ)る。

さっくりとしたパンと同時に、濃厚なソースとチーズが口の中に溶け出してきた。

——うん、美味しっ！

サンドイッチをトーストしたものとは別物だった。器具の中に水分が閉じ込められて、高温でスチームされるからだろう。パンの表面はつるんと焼け、サクサクとした歯触りが楽しい。

——これに蛸を入れたらどないやろ？

そんな風に考え、すぐに頭を振った。

変わった事をする必要などないのだ。味で勝負だと。

だが、たこ焼きはシンプルな料理なだけに、できる事は限られている。イイダコを丸ご

と使ったたこ焼きを見たことがあるが、視覚的には面白いものの、味の方は分からない。

——材料を吟味するにしても、限度があるしなぁ……。

圭介がやっているような店では、市場から厳選された材料を使うのが普通だが、十喜子

は全て商店街の店で購入している。新しい店でも、そのスタイルを崩したくなかった。

小麦粉や蛸、出汁の材料も天かすも、同じ商店街の店から仕入れて、彼らに十喜子が作

ったたこ焼きを買ってもらう。そんな、近所で助け合う関係は大事にしたかった。

変化をつけるとなると、ソースを何種類か用意する事だろうか？

圭介の店では粉チーズをふりかけるのをウリにしていた。そして、他に醤油や醤油マヨ

ネーズ、ソースマヨネーズ、わさびマヨネーズが選べた。ソースに合わせて生地の配合や、

出汁も変えているのだろうか？

ひざ掛けを返すついでに再訪して、他のソースも試してみたいと思った。

「おばーたん！　もっと！」

嵐の声で我に返る。

今日の嵐はお腹を空かせているようだ。

「はい、はい。すぐに作らせてもらいます」

おどけた調子で言って、すぐに追加でホットサンドを作った。半分に分けようとすると、「一人で全部食べる」と怒り出す。

「えらい気に入ってくれたんやなぁ」

作った甲斐があったと嬉しい一方、十喜子の腹が空く。パンはまだ残っていたが、チーズを使い果たしてしまっていた。

「さぁ、おばあちゃんは残り物でも食べよかしら」

冷凍庫を漁っていると、見慣れないものが出てきた。

「何やろ？　これ」

フリーザーバッグの中身を見ると、どうやらたこ焼きのようだ。覚えがないから、恐らく颯が処理したのだろう。店で売れ残ったたこ焼きを、十喜子が知らぬ間に冷凍したらしい。

じっと見るうちに、ふと試してみたくなった。

パンを焼いたホットサンドメーカーをさっと拭い、油を塗り広げる。そこに冷凍したたこ焼きを並べ、挟んだ状態で火にかけた。

途中で焼き加減を見ながら調理していると、いい感じに焼けてきた。

出来上がったたこ焼きにソースを塗り、鰹節(かつおぶし)をふりかけて食卓へと運ぶ。

ホットサンドでお腹が一杯になった嵐は、たこ焼きには見向きもしない。これ幸いとばかりに、十喜子は冷凍たこ焼きを味見した。

「あ、意外とイケる」

心持ち油を多めに引いておいたので、揚げたこ焼きのような食感になっている。

――テイクアウトには、冷凍たこ焼きを売ってもええかもなぁ。

飲食店営業の許可を取っているから、そのまま食べられるものであればテイクアウトは可能だ。ただ、冷凍処理等をして、日持ちさせることを前提として調理する場合は、製造業等の許可が必要だった。

――冷凍できたら通販にも対応できるから、やってみたいんやけど……。あんまり欲張っても、私の手が回らんようになるし。

冷凍たこ焼きから、他に何か良いアイデアが出ないかと考えを巡らす。だが、そんな十喜子を邪魔する声がした。

「おばーたん！　戦い！」

先に食べ終わった嵐が、おもちゃの刀剣を手にしていた。得意げにボタンを押し、効果音を発生させる。目下、嵐のお気に入りだ。

「はい、はい。ちょっと待っててね」

椅子に座って食事をする十喜子に、嵐は容赦なく切りつけてくる。柔らかい素材が使われているらしいが、相手は加減を知らない二歳児だ。結構痛い。

「わぁ、強いなぁ」

丸めた新聞で相手をしながら、十喜子の考えがまとまっていった。

――今度、冷凍したたこ焼きを油で揚げてみよか……。

菜美絵はカップ麺(めん)を買ってきて、つゆに浸(つ)けてたこ焼きを食べていた。あの食べ方なら、むしろ揚げたたこ焼きの方が美味いだろう――と。

六

「いやぁ、十喜子。久しぶりー」

南海(なんかい)本線・住吉大社駅の改札口で待っていると、懐かしい声が向こうから聞こえてきた。

ブリ子、こと真理子(まりこ)はＩＣＯＣＡ(イコカ)を使って改札を通りながら、「元気やった？」と喋りかけてきた。

「ブリ子、ちょっと太った？」

「嘘ぉ。十喜子の老眼が進んだだけやろ？」

長い間、会ってなかったとは言え、再会すればたちまち高校時代に戻るのが古い友人の良さだ。高校時代に何度も一緒に行き来した道を並んで歩きながら、話したい事が次々と頭に浮かんでくる。

「とりあえず、ご飯食べよ。『くろや』にテイクアウトができたん、知ってるよね？」

住吉鳥居前商店街のすぐ傍にある洋食屋「くろや」は、十年前に代替わりをした。その際に商店街に持ち帰り専門店を出すなどして、ブリ子が贔屓にしていた頃以上に繁盛していた。

「え、知らん。名物のクリームコロッケも買えるん？　帰りに寄って、今日の晩御飯にする。絶対に買うて帰る！」

「お昼にコロッケ食べて、また夜もコロッケ？」

賑やかに喋りながら狭い道を行き、角を曲がると「名物クリームコロッケ」の幟がはためいていた。

「あれ？　レストランの方も改装した？」

「もう、だいぶ前やよ」

この辺りで生まれ育ったブリ子だが、結婚した後に両親が吹田の方に引っ越し、それを機に足が遠のいたと言う。

「いらっしゃいませー」

自動ドアを通り、中へと入る。

「昔より和風になってるやん」

テーブル席に案内されたブリ子は、店内を見回しながら、嬉しそうな表情でメニューを手に取った。

「私らが高校生の頃にコロッケのテイクアウトができてたら、結構な割り合いで利用したと思うねん。部活の帰りは、いつもお腹空かせてたから。あぁ、残念やわぁ……」

彼女は高校時代、投擲選手として府内で鳴らしていたが、競技は高校を卒業すると同時に引退し、短大入学後は合コンに精を出し、同じ職場の男性と結婚して寿退社した。

進のような、仕事が続かない男性とずるずると付き合っている十喜子に、「それでは一生結婚できない」と、圭介を引き合わせてくれたのもブリ子だった。

そんなブリ子も、今では白髪染めしたらしい栗色の髪に、縁が紫色の老眼鏡をかけていて、往時の溌溂とした少女の面影はない。

「十喜子と最後に会うたんって、いつやっけ？」

「進くんのお通夜と葬式には、来てくれたよね？」

指を折って年数を数える。

「うん。でも、ろくに話はでけへんかった。次から次へと弔問客が来て、十喜子はめっちゃ忙しそうやった。お悔みを言うたぐらい」

その前と言えば、颯が家出をする前だったと思い出す。

「まともに話するのん、十年ぶり以上ちゃう？」

「あぁ、ちょうど私も下の子の大学受験で忙しなって、そのまま疎遠になってしもたんやなぁ」

メニューが読みづらいのか、ブリ子は眼鏡を取った。ツルにつけたビーズのチェーンが、ちゃらんと音を立てる。

ブリ子には息子が二人いて、下の子は颯と同い年だった。その次男を府内の難関私立中学校に入学させた彼女は、次第に子供の教育に血眼になってゆき、その頃から話が合わなくなっていった。

こちらは子供の教育どころか日々の生活で手一杯で、受験や塾、家庭教師選びについて話を振られても、別の世界の話を聞いているようだった。寂しく思いながらも、どうにもならない。そんな葛藤の日々を思い出す。

「アラレも呼びたかったんやけど、連絡先が分からんようになってしもて……」

メニューを繰るブリ子の口から、懐かしい名前が出た。

「そうなん。やっぱり……」

「やっぱりとは？　あ、私、これ」

喋りながらも、鋭くメニューを吟味していたブリ子だったが、結局はここの名物であるクリームコロッケ定食に決めたらしい。

「会わへんようになっても、年賀状だけは出してたんやけど、宛先不明で戻ってきてから連絡取れてない」

「あ、うちも同じや。どないしたんやろ？　アラレの奴」

何か気まずい事があったり、喧嘩をした訳でもない。離れてしまった理由は分からないが、子供がいないアラレには、子育ての話で盛り上がるブリ子と十喜子が疎ましかったのかもしれない。転居を機に、縁を切られたのだと今では思っている。

「ブリ子んとこの下の子、活躍してるんちゃうん？　うちの颯とちごて優秀やったやん」

「それが、アメリカに行ったきりや」

ブリ子は、投げ捨てるように言った。

「向こうで就職して、青い目の嫁さんを貰てな……。孫の顔なんか写真と、テレビ電話越しに見ただけや」

受験勉強中には車で塾の送り迎えをし、毎晩のように夜食を準備し、甲斐甲斐しく世話を焼いていた。が、そこまで手をかけて育てたにもかかわらず、次男坊はアメリカでの生活が余程快適なのか、子供が生まれてからは一度も帰国していないと言う。

「それは寂しいけど、里帰りするのにもお金がかかるやない。それに、ブリ子とこは上の子がおるやん。お兄ちゃんは元気にしてるん？」

「お兄ちゃんなぁ……」

ブリ子の顔が曇った。

「弟に比べて出来はイマイチやなぁ、あの子は。何とかそこそこの私大に入れたけど、ちょうど卒業した時期が就職氷河期で、未だに非正規雇用やねん。結婚どころか、彼女がおる気配もない。え？　今もうちにおるよ。休みの日は一日、部屋に籠ってゲーム三昧や」

「そら心配やねぇ」

「男の子は冷たいよ。家におっても話し相手になったり、買物に付き合うてくれる訳でもなし。今さらやけど、女の子を産んどきたかった。旦那からは、『男が二人おるんやから、もうええやないか』と言われたけど、あの時、押し切っといたら良かったわ」

ブリ子のボヤキは止まらない。

「何を言うてんのん。三人目にチャレンジしたからって、必ず女の子が生まれるって保証ないんよ」

それに、娘がいるからといって、親の思い通りにはならない、現に隣の加茂さんは、幸代への不満ばかり口にしている。

「ほんなら、四人目にチャレンジや」

「うちの孫が通てる保育所に、男ばっかりの四人兄弟がおるわよ。お母さんは看護師で、私より年上の気丈なお祖母ちゃんが車で送り迎えして、子育てを手伝うたはる。そら、大変そうやよ。私なんか嵐一人でアップアップしてるのに、考えられへん」

「あ、颯くん、結婚したんや」

「うん。何とかな……」

「へぇ、ちゃんと落ち着いたんや。一人っ子やし、十喜子もプレッシャーあったやろ。小さい時から、心配してばっかりやったしなぁ」

「そうやっけ？」

「そうよ。私から見たら、心配し過ぎゆうか、過保護やったゆうか」

驚いた。

十喜子は、ブリ子の次男への関わり方が度を過ぎていると思っていたのに、向こうはこちらを過保護だと思っていたのだ。

やがて、注文した品が運ばれてきた。

拳骨形のクリームコロッケにポテトサラダ、千切りにしたキャベツが載った皿が二人の前に置かれた。

「若い頃は、ここのヴィシソワーズが好きやったけど、もうこの年になったら、揚げ物にはあっさりとお味噌汁とお漬物がええね」

ワカメが浮かんだ味噌汁の椀を手に取った。

そして、一口飲んだ後、箸でキャベツを摘んだ。

「血糖値が高いから、野菜を先に食べるねん。ご飯は最後」

そう言いながら、クリームコロッケを割った。

「せやけど、あのケイちゃんがなぁ……。びっくりやわ」

ブリ子に連絡をとった際には、圭介と再会した話もしておいた。調理人になったと聞き、いたく好奇心をくすぐられたようだ。案の定、情報を集めるのに奔走したらしい。

「私も当時の友達とは切れてしもてて……。やっとこさ、ケイちゃんが例の彼女と結婚する話が出てたん、突き止めた」

「あ、やっぱり。あれから話が進んだんや」

「向こうは超お嬢様やし、大丈夫なんかいなぁと、皆は思ってたみたい。その後、どうなったんかは誰も知らんねん。私が連絡した子も結婚式の招待状を貰てないし、ほんまに結婚したんかどうかも分からへんてゆうとった」

当時のブリ子は手あたり次第に合コンに顔を出し、男友達も大勢いたのに、今ではほとんど行き来がないらしい。

「という訳で、分かったのはここまで」

「そうやったんや。そない言うたら、何かえらい雰囲気変わってた。昔はしゅっとしてて、ちょっとええ恰好しぃな感じやったのに、えらい貫禄が出て、すっかりメタボ中年やった。向こうからしたら、私もしわしわのお婆ちゃんやろけど」

「そうお？　あんまり変わってへんわよ。十喜子は……。私なんか白髪染めせえへんかったら、頭は真っ白よ」

そう言って、セミロングに整えた髪を手で払う。

食後のコーヒーは、十喜子の自宅で頂く事にした。

「ここのケーキ、美味しいねん」

「くろや」の並びにある、間口の狭い店へと案内する。ショーケースにはアメリカンタイプのケーキやタルト、クッキーの他に、クロワッサンやパンオショコラ、中に詰め物をしたご馳走パンが並ぶ。

甘いものに目がないブリ子は、血糖値が高いと言いながら全種類のケーキを包んでもらっている。そして、店を出た後は戦利品を手に、二人で十喜子の家へと向かう。

「続けてるんや……。あの変な旦那がやってたたこ焼き屋」

玄関脇の小窓を見るなり、ブリ子が言う。

「付き合うてる時は『変な彼氏』で、結婚してからは『変な旦那』。死んだら、何て呼ばれるんやろ」

「そら、『変な仏さん』やろ」

進が聞いたら、何と言うだろう。

「せやけどな、葬式ではちょっと見直したんやで。十喜子の旦那のこと。大勢の人が集まって、皆が皆、ほんまに故人を偲んではった。会社の社長でも何でもないのに、あんだけ人が集まった葬式、他に知らんわ」

大袈裟な表現に、笑ってしまう。

「ほとんどが商店街の人らよ。あとは、行きつけの飲み屋のママとか、スナックのホステスとか……」

集まった夜の蝶も、若い女性から大年増までいて、道行く人達が何事かと覗きに来るから、余計に賑やかになってしまった。

「ヤンチャ風の若い子ぉらがおったけど、あれ、颯くんの友達やろ？　息子の友達とも仲良なってたんやなぁ」

「あぁ、あれは……」

グレて手がつけられなくなった謙太を預かった時、夕飯をたかりに来た謙太の悪友達だ。進とは馬が合ったようで、更生した後に訪ねてきてくれた子もいた。

「色んなとこに顔出して、調子のええ事を言うたり、いっちょかみしてたさかいなぁ。外面だけはええから、家族は大変で……」

「そない言うたら、葬式で颯くんを見かけへんかったけど？　どないしてたん？」

家出をして消息不明だった頃で、颯は親の死に目にも会えず、葬式にも出ていない。

十喜子は玄関の戸を開いて、ブリ子を中に導いた。

「どうぞ。最近になってイートインにしたから、ちょっと落ち着かへんかも」

「へぇ、本格的な店やん」

珍しそうにたこ焼き鍋が置かれた厨房を覗いたり、店舗に改装した続きの間を見て回る。

そして、椅子の上に畳んであった嵐の衣類を手に取り、目を細めた。

「ええなぁ。小さい子がおる家って……。『らん』て、今時の子の名前やなぁ」

何度も洗濯して、襟元がよれよれになったトレーナーには、黒いマジックで名前が書いてある。

「小さい怪獣が、家の中におるようなもんやで。一回、交代してみよか?」

「喧嘩売ってんの？　それ、めっちゃ贅沢な悩みやから」

そして、天井を見上げて小鼻を動かした。

「壁や柱に美味しそうな匂いが染み付いてて、食べたばっかりやのに、お腹空いてきたわ」

ブリ子はお腹を叩いた。

「あ、やっぱり匂う？」

「うん。出汁とソースが混ざったような匂いや」

一人で暮らしていた頃は念入りに掃除していたのが、嵐が来てからはサボりがちになっていた。

「たこ焼きだけやなくて、こういうのも出してるねん」

朝のうちに焼いておいたベビーカステラを、ケーキと一緒に出しておいて、「ひまわり」で分けてもらった濃い目のコーヒーを淹れる。

「十喜子、何か面白そうな生活してるなぁ……。ちょっと失礼な事を聞くけど、たこ焼き屋だけで食べて行けるん？」

「贅沢せえへんかったら、何とかなるわよ。私は宝石とか服に興味ないし、旅行にも行かへんし……」

「そうか。私は物欲の塊やから、そんな生活、耐えられへんなぁ。ん！　美味しい！　このカステラ」

続けて二個目を口に入れる。

「十喜子は物欲はない代わりに、食欲だけは人並み以上や。せやのに、若い時と体形変わってへん。不公平や」

「なぁ、言うてええ？」

「何？」

「相変わらず、文句多いよなぁ」

高校時代、同級生だけでなく、先生や先輩など相手構わずブリブリ文句を言うので、真理子をもじって、ブリ子という綽名がつけられたのだった。

「好きな事を言うてストレス発散してるから、私はいつまでも元気なんよ」

からからと笑う。

若い頃、ブリ子には随分とお説教されたのを思い出す。その距離感が懐かしく、ふと、聞いてもらいたいと思った。

「さっき、颯が葬式におらんかったたって言うてたやろ?」

「ん? あぁ。颯くん、どないかしたん?」

カステラを口一杯に頬張りながら、ブリ子がコーヒーカップを持ち上げた。

「ブリ子には言うてへんかってんけど実は……。颯は家出してて、十年ぐらい行方が分からへんかった。進くんが死んだんは、ちょうどその頃やってん」

表情を変えないまま、ブリ子は十喜子の話を聞いている。大袈裟に驚かないところが、今の十喜子には有難い。

「何か情けのうて。子供の頃、進くんはほんま颯を可愛がっとったさかい……。親って何なんやろ?」

親の死に目に会えなかったというのに、やけにあっさりしていた颯を思い出す。

「とは言うても、動脈瘤が破裂して、私が見つけた時は辺りが血の海やった。慌てて救急車を呼んだけど虫の息で、結局は意識が戻らんまま逝ってしもた。颯が傍におったとしても、何かできた訳でもなし。呆気ないなぁと思た」

　そんな壮絶な進の最期を、十喜子はずっと自分の胸に閉じ込めてきた。

　十年ぶりに戻って来た颯に思わず口を滑らした以外は、ルミ子にも商店街の人達にも話していない。彼らは「飲んでる最中に具合が悪なって、病院に運ばれた」と信じている。

「元からお酒が好きやったけど、不摂生に拍車がかかったんは、颯がおらんようになってからやった。他所の子供を預かったりして気ぃ紛らわしてたけど、やっぱり自分の息子とは違う。最後の方はお酒飲みながら、たこ焼きを売ってるような体たらくで……」

「そうか……、私、なんも知らんと……」

　つい先ほどまで軽口を叩いていたブリ子が、今は神妙な顔をして、スプーンでコーヒーをかき混ぜている。

「そらぁ、辛かったな。颯くんはどっか行ってしもてるし、肝心の旦那は飲んだくれた挙句に先に死んでしもて、一人で何もかもやらんとあかんしで。偉かったな。十喜子。……せやけどな、あんたも水臭いで」

　きっと鋭く睨みつけてくる。

「何で、すぐに私に電話してけえへんの？　そんな重たい荷物、一人で持つ事ないんやで。しんどかったやろ？」

十喜子は頷いた。

「……母がおってくれたらって、何べんも思った」

「お母ちゃんがおらんかて、私がおるやない。私は、そんな頼りない友達か？」

どんと突き飛ばされたような感覚が、胸に込み上げてきた。

ブリ子の口調は、どんどん強くなる。

「電話がないのは元気な証拠。そない思て、ほったらかしにしてた私も、確かに悪い。せやけど、私らは幾つになっても友達や。古い友達のええとこは、みっともない顔を見せ合える事とちゃうん？　約束して。次に何かしんどい事あったら、一人で泣いてんと、必ず私に連絡するって」

俯いた拍子に、涙がこぼれた。

「ありがとう。でも……」

何か言おうとしたが、言葉が続かなかった。ずっと堰き止められていた諸々の感情が、出口を求めて溢れ出してきたかのようで、考えがまとまらない。

洟をすすっている間、ブリ子は黙っていた。

「十喜子……」

ブリ子の腕の温もりを、頭に感じた。

「ケイちゃんと再会したのも何かのご縁や。今度、アラレも交えて四人で会お。私が何としてでもアラレを探し出すから。な！」

力強い言葉に、ただただ頷くだけしかできなかった。

最強の粉もん？

一

「お子さん、よう寝てはるし、中で召し上がりますか？」

ベビーカーの赤ん坊を連れた若い夫婦は、顔を見合わせた後で「はい」と答えた。

「そのまま玄関から入って真っすぐ進んで下さい。靴を履いたままで……」

その時、通りを駆けてきた女性が目に入った。頭のてっぺんにお団子にした髪、おくれ毛を派手な飾りのついたピンで留めている。

「カズちゃん？」

不審に思った。小久保製粉所では小麦粉の他に蕎麦粉（そばこ）も扱っていて、今は年越し蕎麦の受注や出荷で大わらわのはずだ。その社長夫人が何の用だろうかと。

「十喜子ちゃん！」

先客にぶつかりそうな勢いで駆けてくると、カズちゃんは今にも十喜子に摑（つか）みかからんばかりの形相で、窓越しに声を張り上げた。

「えらい事やねん！　ちょっと聞いて！」

カズちゃんの金切り声に驚いたのか、ベビーカーの中から「ほんぎゃあ」と泣き声がした。

「せっかく進ちゃんがあんじょうしてくれたのに、また元通りや！　どないしてくれんのんなぁ！」

「後にして」と言ったのに、お構いなしで大声で喚き散らすし、赤ん坊の泣き声はますます激しくなる。

「出直しましょか？」

泣き出した赤ん坊を抱きあげながら、若い父親が十喜子に尋ねてくる。

「とりあえず、どうぞ中へ。今は誰もおらんさかい、好きなだけ泣かしてもろて結構です」

十喜子は一旦、厨房を出て、内側から玄関を開いた。

「お好きなとこに座って下さいね。ベビーカーも広げたままで結構ですよ」

一家を案内している間も、カズちゃんはぎゃんぎゃんと何か喚いている。

――とんだ営業妨害やわ。

振り返ると、カズちゃんが中に入ってこようとしていた。

「で、今日は何の用事ですか？」

行く手を阻むように、カズちゃんの前に立ちふさがる。

「とりあえず、中に入らしてえな。外は寒いねん」

勝手に訪ねてきて、怒鳴り散らして営業妨害した挙句、何をしれっと言うのか？

「駄目です。お客さんがおるんですから」

「は？　何それ」

「十二月に入ってから、うちはイートインもやってるんです。せやから、営業時間中に中に入るんやったら、注文してもらわんと困ります。それから、他のお客さんがおる間は、お相手できません」

きっぱりと言い放つ。

カズちゃんは毒気を抜かれたようにぽかんとし、「ほんなら、後で電話するわ」と立ち去った。

——何なん？　もお……。

気を取り直して家の中に入ると、赤ん坊は父親の腕の中ですやすやと眠っていた。

——今のお父さんは偉いわねぇ。

進はよく颯の面倒を見てくれたが、それは一緒に遊べるようになってからだった。夜泣きする年頃には「泣かせるな！」と怒鳴り、十喜子は颯を抱いて夜の住宅街を歩き回っていた。ある時など、向こうから同じように赤子を抱いた母親が歩いてきて、すれ違いざまに会釈し合った事もあった。

そのくせ、葬式や新年会など人が集まる場所では颯を抱いてあやすなど、いい顔をしていた。普段の様子を知らない親戚の女性達からは、その度に「十喜子ちゃん、幸せ者」と言われ、思い返しても腹立たしい。

「あの、注文いいですか？」

若い夫婦は、たこ焼きを二人前注文した。

「普通にソースかけるのんでええ？　うちは色々と食べ方を選べますよ」

注文を取りながら、壁に貼った「おすすめ」の貼り紙を示した。

そこには「醤油味（お好みでソースをお付けします）」、「チーズ入り」の他に、最近になって「たこ焼きの天ぷら」が付け足された。

「へえ、天ぷらって珍しいですね」

「天ぷらは、温かいおつゆで食べてもらいます。今日みたいな寒い日ぃにはぴったりですよ」

「じゃあ、醤油味を一人前と、天ぷらに変更します。あと……、ベビーカステラをお持ち帰り用に包んで下さい。飲み物は冷たいお茶で」

注文を伝票に書き付け、厨房へと戻る。

「たこ焼きの天ぷら」は、冷凍庫で見つけたたこ焼きを、何気なくホットサンドメーカーで温め直した時に思いついた料理だ。

余分に焼いておいたたこ焼きを、粗熱をとってすぐに冷凍したものを使う。その日に焼いて冷ました物を使っても良いのだが、気温の低い時期とはいえ、たこ焼きを常温で長い時間、置いておきたくなかった。なので、天ぷらに使う分は別に冷凍にしておくことにした。

冷やした天ぷら粉と水で溶き衣を作り、そこに冷凍たこ焼きをくぐらせる。箸の先で衣を少し落とすと、沈んだ後ですっと浮かんできた。ちょうど頃合いと見て、衣をまとわせた冷凍たこ焼きを揚げ油に入れて行く。衣を付けて揚げるから、表面がサクッと香ばしくなる。

「はい、お待たせしました」

つゆを入れたお椀を二つ、そしてたこ焼きの天ぷらを並べた皿を出す。

「どんな味なんやろ？」

夫婦は顔を見合わせて笑うと、取り分けた天ぷらをつゆに浸して食べ始めた。

「美味しいっ！」

「うまいっ！」

二人は声を揃えた。

「外はサクサクで、中はとろりっ！　これ、もっと食べたい」

「追加で揚げましょか？」

「どうしよう。たこ焼きも食べたいし……」

色々と試したい気分のようだ。

「良かったら、別にたこ焼きをお持ち帰りでいかがですか？　冷凍しといたら、好きな時に天ぷらにできます。凍ったまま衣をくぐらせて揚げるだけです」

「じゃあ、お持ち帰りでたこ焼きを……」

いきなり、表の戸ががらっと開かれた。「十喜子ちゃん！」という声とともに。

「何で、電話に出てくれへんのんなあ！」

慌てて駆け寄ると、表にはカズちゃんと一緒に、不貞腐れた表情の謙太がいた。

「ごめん。カズちゃん。天ぷらを揚げとったから……」

エプロンのポケットでスマホが鳴っているのは聞いていたが、それどころではなかったのだ。

「おい、和枝！　おばはんを巻き込んでも無駄やからな」

「もう、あんたはええし！　黙っとき！」

カズちゃんが、謙太の手を叩く。その手を、謙太が叩き返す。

「何が黙っときじゃ。俺の問題やろ！」

「ちょっと！」と、十喜子は表に出て後ろ手で戸を閉めた。

「親子喧嘩に私を巻き込まんとって下さい。迷惑です」

「喧嘩ちゃう！　協力して欲しいねん。カズエ、もう十喜子ちゃんだけが頼りやし」

カズちゃんにすがりつかれて「ふうっ」と溜め息をついていた。

「……悪いけど、私はこれからお客さんにたこ焼きを焼いて、ベビーカステラも用意せんとあかんのです。他所で時間を潰すか、中に入るんやったら、何か注文して待ってて下さい。その代わり……」

「分かってる。静かにしてるし。謙太、おいで」

踵を返していた謙太の襟首を、カズちゃんは摑んだ。謙太は舌打ちしただけで、カズちゃんに続いて家の中に入った。

中に入ったカズちゃんは、じっとテーブルを凝視していた。

「何なん？　それ」

夫婦が食べている物を見ている。

「たこ焼きの天ぷらです。カズちゃんとこで買うた天ぷら粉を使てます。食べてみはりますか？」

「粉もんに、さらに粉かけて揚げるん？　ゲップが出そうやわ」

「俺は構へんで。和枝のせいで、昼飯食べ損ねたからな」

「謙太！　だいたいあんたが……」

「喧嘩するんやったら、すぐに出て行って下さい」

二人は暫く睨み合っていたが、大人しくテーブルについた。

十喜子も厨房へと入り、鍋につゆを張った。そして、先ほどと同じ要領でたこ焼きを天ぷらにしてゆく。

「たこ焼きをわざわざ天ぷらになぁ……」

皿に盛り付けた天ぷらを出す時、聞こえよがしなカズちゃんの嫌味が耳に入ったが、相手をしている間はない。すぐに持ち帰り用のたこ焼きの準備だ。

たこ焼き鍋に油を塗り、柄杓で掬った生地を流し込んだら点火する。蛸とその他の具材を振りまいておいて、天板の隅に置いたバットに手をかざす。開店前に作っておいたベビーカステラが、程よく冷えているのを確認した後、たこ焼きに戻る。

調理していると、「十喜子ちゃーん。これ、イケるわ！　たこ焼きの天ぷら、追加でー！」と、カズちゃんが声を張り上げる。

――もう、忙しい時に……。

「順番です。少々お待ち下さい」

たこ焼きは目を離せない段階に入っていた。ここから千枚通しを使って、休まずに回転させて行かないといけない。

――客が二組入っただけでてんてこ舞いや。やっぱりメニューは絞らんとあかんなぁ。

新しいメニューに手応えを感じていたが、一人で切り回すには手がかかり過ぎる。

家族連れの分のたこ焼きが出来上がった。半分は皿に盛り、残りは舟形の経木に載せて、持ち手の付いたビニール袋に入れる。

「自宅に戻ったら、粗熱が取れたタイミングで冷凍して下さいね」

そして、ラッピングしたベビーカステラと一緒に手渡した。

嬉しそうにたこ焼きとカステラを抱える夫婦を見送った後、十喜子は「さて」と振り返った。

――どないしたもんかなぁ……。

一旦、喧嘩を中断し、夢中で天ぷらを食べているカズちゃんと謙太を前に、溜め息をついた。

二

「えええ？　謙太のアホ、またお母ちゃんを困らせてんかいな」

マスカラをたっぷりと塗った睫毛を、ママは瞬かせた。今日はヒョウ柄のジャガードワンピースの上に、黒のダウンベストを重ねている。

「そう。カズちゃんがエライ剣幕で……」

「面白そうな話やけど、後でゆっくり聞くわ。とりあえず、お腹いっぱいにしてからな」

そして、十喜子から受け取ったタッパーの中身を、片手鍋に移す。天ぷら用のつゆだ。

新メニュー「たこ焼きの天ぷら」の評判を聞いたようで、今日はママから出前を頼まれた。食べに来てくれればいいのに、ママは「店を空けられない」と言う。そこで、ランチタイムが終わったタイミングに、十喜子が「ひまわり」まで赴いたのだった。

「どうぞ。自由に使てくれてええから」

カウンターの中へと促され、カップボードで仕切られた奥の厨房に入ると、そこに業務用冷蔵庫に二層式シンク、二口コンロがある。

娘時代から三十年以上、この店に通っているが、中に入るのは初めてだった。

「この規模の店でも、これだけの設備がいるんや……」

店の坪数に対して、裏の作業スペースは広かった。

「コーヒーとか飲み物が中心で、後はパンを焼いて出すだけやったら、カウンターだけで十分やねん。せやけど、うちはランチをやってるやろ。お父ちゃんのこだわりで、手の込んだもんを出してたから」

「マスターが作ってくれた大人のお子様ランチ、美味しかった」

オムライス、ハンバーグ、ミートスパゲティを少量ずつ一皿に盛った、メニューに載っていない賄いだった。

「ハンバーグのタネも業務用やなくて、自分で玉ねぎ刻んでこねてたんやで。元がフレンチのシェフやから、レタス一枚千切るのんも自分でやりたい人やねん」

「え！　フレンチの？　そんなん初耳やわ」

進と一緒に入店すると、「いらっしゃぁい」と飄々(ひょうひょう)とした声で迎えてくれたマスターも、いつも女優のようにきらびやかに決めていた先代ママも、今はママの兄弟に引き取られて穏やかな老後を過ごしている。

「お父ちゃんは、キャベツの切り方にもこだわりがあって、色々と教えてくれたけど、さすがに同じ事はでけへん。せやから、私の代になってからはランチは日替わり定食だけにして、その代わりにパンを使った料理を増やした」

その頃には商店街の代替わりが進み、店を畳むところが増えた。「ひまわり」の馴染み客も減り、一人で切り回せる程度に落ち着いたのだと言う。

「揚げ油は一応、そこにあるけど……」

下味をつけた唐揚げでも揚げたのか、油に匂いがついていた。

「ママ。油は別に用意してもらえますか？　そんなにたくさんいりません。深さがあれば、小さい鍋で十分です」

鍋を借り、そこに揚げ油を張る。

油が温まる間、ボウルに粉を入れ、ステンレスのポットに入ったお冷や用の氷水で衣を溶く。そして、別の鍋でつゆを温めながら、たこ焼きを揚げた。

「へぇ、素揚げにするんかと思ったら、衣をつけて天ぷらにするんや」

「この方が、カリカリした食感を楽しめるし、普通のたこ焼きと変化をつけたかったから」

「わざわざ冷凍にせんでも、作り置きのたこ焼きでもええんちゃうん？」

「どんだけ数が出るか読まれへんから、扱いやすいように冷凍にしてるんです。様子見て、注文が多いようやったら、また考えようかと……」

「せやなぁ。食中毒も怖いし、凍らせた方が安心やわな」

「ただ、天ぷらの注文が入ると、私一人では忙しいんですよ。こないだは客が二組来ただけで、ちょっと大変やった」

「確かにたこ焼きを焼いてる間は、十喜子ちゃんは他の事をでけへんからなぁ。難しいわ」

「佳代ちゃんからは、お惣菜（そうざい）なんかをあらかじめ一人分ずつ器に入れといて、お客さんにとってもろたらええって言われたんやけど、それも何か違う気がして……」

それだと、温め直さなくても食べられる、冷たい料理ばかりになってしまう。

「『キッチン住吉』は健康志向のカフェやろ？　ああいう店は五穀米におからの炊いたんとか、ほうれん草の白和（しらあ）えとかが喜ばれる。たこ焼き屋とは客層が違うわな」

つゆを張った鍋が沸騰していた。

「えらいこっちゃ」

ママが慌ててコンロの火を弱めた。

「天ぷらはここに入れてぇな」

手渡された皿に敷紙と、揚げたての天ぷらを置いた。

「はい。お待たせしました」

　天ぷらの皿を受け取ったママは、そのまま自分でカウンターまで運んだ。つゆを入れた椀を手に後へ続くと、十喜子もママの隣に座る。

「どうぞ。おつゆに浸しながら食べて下さい」

　ママは箸で摘んだ天ぷらを眺めた後、まずはそのままかぶりついた。

「ほんま、カリカリやなぁ。あつっ……」

　嚙んだ瞬間、中から蒸気が立ち上る。そこで皿の上で二つに割り、十分に冷ましてから欠片を口にいれた。

「天ぷらというより、スナック菓子やな。たこ焼きの生地に味がついてるから、そのままでも十分美味しいし……」

　残りの一欠片をつゆに浸ける。

「あ、こっちの食べ方も美味しい」

　残りの天ぷらは全てつゆに浸し、瞬く間に完食した。

「ごちそうさん」

　ママは律儀に、お椀の前で手を合わせた。

「評判通り、美味しかったわ。粉もんに粉かけるて最強やな。メニューには思わせぶりに『最強の粉もん』て書いてみたら？」

「最強の粉もん」というネーミングがおかしく、噴き出していた。

「まぁ、冗談はこれぐらいにしといて……。で、何やっけ？　さっきの話の続き」

「謙太くんがプロレスラーになりたいて言い出して、カズちゃんが怒鳴り込んできたんです」

「は？　何なん、それ」

事情を話すと、「言いがかりやろ？　アホらし」と、ママは鼻で笑った。

「カズちゃんにしたら、せっかく真面目（まじめ）になって家業を手伝うようになったのが、いきなりプロレスラーになるて言い出して、そら腹立つのん分からんでもないんですけど……」

「よりによって、プロレスなぁ。やっぱり、菜美絵ちゃんの影響？」

「豆飯の店で、商店街の人らを相手に大立ち回りをやったやないですか」

いなせな片肌脱ぎの着物姿で男二人を担ぎ上げたり、八百屋（やおや）のズボンを脱がしたり、飛びあがって座卓を飛び越すなど、大暴れだった。

「よっぽど衝撃やったんでしょうね」

何か思い出したのか、ママはぷっと噴き出した。

「いかにも小学生が喜びそうな出し物やったな」

「小学生って……」

ママの中では、謙太は小さな子供のままなのだ。

「商店街の店主らかて同じや。あの人ら、私らと同年代やで。男て、幾つになっても小学生のままやねんな。どっちにしたかて、十喜子ちゃんは関係ない。和枝も怒る相手をまちごうてる」

「多分、言うても聞かへんから、こっちに話を持ってきたんやと思います」

「相変わらずやなぁ。謙太がグレた時かて、十喜子ちゃんを頼って更生さしたんやろ？」

「……私にというより、進くんに預けたかったんでしょう」

大袈裟に溜め息をつくママ。

「あかんなぁ。和枝自身が子供みたいなもんや。せやさかい、いつまで経っても謙太は和枝の言う事を聞かへんのや。社長が和枝のこと甘やかすからな」

「付き合うてる時からそうでした。社長は、カズちゃんの言いなりで……」

「だいいち、謙太にプロレスラーは務まらへんやろ」

「ママも、そう思います？」

菜美絵の話を聞いている限りでは肉体的にハードなだけでなく、上下関係も厳しく、誰にでも出来る仕事とは思えない。

「すぐに音を上げると思うから、いっぺん好きにさせたってもええ気がするんですよ。何やったら菜美絵さんから話してもろて……」

「放っとき、放っとき。十喜子ちゃんが巻き込まれる事ない」

ママの視線が動いた。

扉が開き、伊勢川が入ってきた。店名を刺繍した白い上着の上に、今日はダウンジャケットを重ねている。

「いやぁ、どないしたん？　こんな時間に珍しい。ホットでええ？」

席を立ち、食べ終えた天ぷらの皿を片付けようとしたママを、伊勢川は制した。

「いや、すぐいぬさかい……」

入口近くに立ったまま、伊勢川は十喜子に目を向けた。

「奥さん。確か小久保んとこと取り引きしとったな」

「進くんがおった時から、小麦粉を入れてもろてます」

「ふうん」

陰険な目をした。

「辰巳さんから、何も聞いてへんのか？」

出し抜けに辰巳の名を出されたが、何の話か分からない。

もしかして、新しい店を出すのをきっかけに、これまでの関係を清算されると勘ぐっているのかもしれない。もちろん、十喜子は小久保や伊勢川とも引き続き、取り引きを続ける気でいる。

だが、そう伝えると、伊勢川の表情は余計に険しくなった。

「小久保とも付き合うつもりなんか?」

「はぁ、そのつもりですけど」

「それやったら、俺とこは手ぇ引く。蛸は他所で仕入れてくれ」

思わぬ言葉に、十喜子は戸惑った。

「ちょっと、どういう事ですか? 訳が分からへん。ちゃんと説明して……」

「伊勢川っ!」

それまで静観していたママが語気を荒らげた。

「これ以上しょうむないこと言うんやったら、あんたは出入り禁止にすんで!」

舌打ちをしてママを睨みつけた伊勢川だったが、くるりと背を向けて店を出て行った。

戸惑う十喜子に反して、ママは「アホちゃうか」と吐き捨てるように言う。

「どないしたんですか? 伊勢川さん」

「十喜子ちゃんは気にせんでええよ。伊勢川が一人でテンパってるだけやから。あ、いらっしゃーい」

ちょうど客が入ってきて、奥のテーブルについた。ママはいそいそと注文を取りに行き、十喜子は一人、カウンターに残された。

「ほんま、十喜子ちゃんには何の落ち度もないんよ」

戻ってきたママが、声を潜(ひそ)めて言う。

サイフォンがセットされ、コーヒーの香りが辺りに広がる。

ママは手際良くパンを切ると、トースターに入れ、玉子焼きを作り始めた。

「『オーケードラッグ』が閉店するの、聞いてるよね？」

客に先にコーヒーを出しておいて、ママが話を再開させる。

「店に貼り紙が出てましたね。残念です」

「住吉鳥居前商店街も、今は薬屋と整骨院だらけやさかいねぇ。街が高齢化してるんやから、しゃあないわ」

ドラッグストアを含めた薬店が四店、整骨院だけで五店舗ある。

「『オーケードラッグ』が立ち退くとなったら、後はなかなか埋まれへんのと違います？結構、広い店やし」

十喜子が出店する予定でいる『純喫茶ジェイジェイ』も後に入ってくれる店がなく、辰巳が苦労していた。

「それがやね、すぐにオファーがあったらしいわ」

「良かったやないですか。辰巳さんも喜んではるでしょ」

「うーん、まぁな……」

だが、ママは煮え切らない。

「私も、ええ話やと思たんやけどな。今、話題のチェーン店が入ってくれるんやから」

「話題の店？　食べ物屋ですか？」

「十喜子ちゃん、『隣のイタリアン』て知ってる？」

「あぁ、『隣のグループ』の店……。え！　もしかして、ここに来るんですか？　凄い！」

驚きのあまり、素っ頓狂な声が出ていた。

「しーっ！　声が大きい」

どうやら、内々の話のようだ。

ママが、ちらりとテーブル客を見た。客は週刊誌に目を落とし、コーヒーをすすっている。

チンと、トースターのタイマーが鳴る。ママはトースターから焼けたパンを取り出すと、マヨネーズを塗り、玉子焼きを挟む。三つに切り分けると、特製玉子サンドの出来上がりだ。

「はぁい、お待たせしました」

朗らかな声を上げながら、ママが玉子サンドを運んで行く。

その間に、十喜子はスマホで検索した。

「隣のグループ」というのは飲食店経営を事業とした企業で、ミシュランの星付きクラスの料理人が腕をふるい、廉価で料理を提供するのを売りにしている。発祥は東京で、都内各地に出店している他、大阪でも梅田と心斎橋にフレンチとイタリアンが出店している。

「……で、『隣のグループ』がここに出店する話と、伊勢川さんが私に商品を売れへんと言うてくるのと、どう関係があるんですか？」

「まぁ、色々とあるんよ。そのうち大番頭はんが教えてくれるはずやさかい、知らん顔しとき。今の話も内緒にしといてな」

情報通のママの事だから、何か事情を知っているのだろう。詳しく話を聞いてみたかったが、今は話す気がないらしい。

そして、グループ客が入ってきたのをしおに、十喜子も「ひまわり」を後にした。

三

「あ、岸本さん。お帰りなさーい」

保育所に送り迎えに行くと、保育士は漏れなく「行ってらっしゃい」「お帰りなさい」と声をかけてくれる。

母親がお勤めをしているばかりでなく、十喜子のように自営業をしている家庭もあるのだが、保育士達は全てひっくるめて同じ挨拶をする。

中には健康を損ねて通院していたり、諸々の事情から母親の負担を軽くする為に子供を預けているケースもあるからだ。そんな母親の一人が「『行ってらっしゃい』と言われると、ほっとする」と話していた。他人に余計な詮索をされなくて済むからと。

「おばーたん！」

飛びついてきた嵐を抱きとめると、ゼリーの匂いがした。

「おやつはみかんのゼリーやな」

「デリー、デリー」と、嵐は何度も同じ言葉を繰り返す。

同じクラスの女の子が、「おばちゃん、今日は嵐くん、ずーっと泣いてたんやでー」と教えてくれた。

「そうか？　嵐、何で泣いたん？　また、誰かに泣かされたんか？」

「……へん！」

「何？」

「……へん！」

どうやら、「泣かされてへん」と言いたいらしい。

「今日は佳代ちゃんとこでご飯食べよかー」

嵐は若い女性が大好きなので、すぐに機嫌が直った。手を繋いで園庭を横切る間も、ずっと「かよたん、かよたん」と一人で言っている。

電車が見たいという嵐に付き合って、遠回りして阪堺線の軌道沿いを歩く。軌道の両脇は車道になっているから、嵐が飛び出さないようにしっかりと手を繋ぐ。

夕飯には少し時間があったが、「キッチン住吉」には既に子供達が集まっていた。年長組の女の子達が嵐を見るなり駆け寄ってきて、瞬く間に取り囲んだ。

自分達も子供なのに、一、二歳年上というだけで姉さんぶるのが可笑(おか)しい。

「ちょっとだけ、頼むわな」

佳代に声をかけ、子供達に嵐の世話を頼むと、十喜子は並びにある自宅へと向かう。洗濯物を仕分けし、洗っている間に乾いた洗濯物を畳んで行く。そして、翌朝の朝食の準備や、家内の片付けなどを済ませてから、「キッチン住吉」へと戻った。

見ると、嵐の髪は幾つもの色ゴムで結ばれ、何かのごっこ遊びに付き合わされていた。

「はい。佳代ちゃん。頼まれてたやつ、ちゃんと用意しといたから」

たこ焼きを冷凍したフリーザーバッグを、袋から取り出す。

「すみません。ご無理を言って……」

佳代に「たこ焼きの天ぷら」を試食してもらったところ、「キッチン住吉」でも提供したいと言うので、三日ほど前から子供食堂用に準備を始めていた。

今日のメニューはサツマイモや蓮根(れんこん)、かぼちゃといった冬の野菜を使った天ぷらで、たこ焼きも一緒に揚げる。それだけだと彩りが寂しいので、佳代がほうれん草のおひたしと、パプリカのきんぴらを用意していた。

「蛋白質(たんぱくしつ)が蛸の欠片だけというのは、ちょっと寂しいなぁ」

「玉子を焼きましょうか」

佳代が冷蔵庫を開く。

「わざわざ別に作るのも手間やから、何か揚げもんで……。あ、それ、納豆？」

「ええ、お土産（みやげ）に貰（もら）ったんですけど、あんまり好きじゃなくて。十喜子さん、召し上がります？」

「納豆を天ぷらにしよや。何か青いもんと一緒にして」

野菜室を開くと青葱（あおねぎ）があった。

「お葱と一緒にして、マヨネーズと味噌（みそ）を入れて……と」

ボウルで材料を混ぜ合わせてゆく。後は、ひたすら材料に衣をつけて、揚げてゆくだけだ。

「はーい。お待たせー。みんな。今日は天ぷらやでー」

天ぷらの具材ごとに皿を分け、テーブルへと運んで行く。

「みんな、先におばちゃんと約束しよー。天ぷらは各お皿から一個ずつ取るんやで。好きなもんばっかり取ったり、ズルをしたらあかんよ。おばちゃんが見てるさかいな」

子供達の取り皿に、天ぷら用の敷紙を敷いてやりながら繰り返す。

続いて、小鉢を運んできて、皆に配った。

「このおつゆに天ぷらをつけて食べるんやけど……。問題、この丸い天ぷらの中身は何やろ？」

十喜子はたこ焼きの天ぷらを一つ、箸で摘んだ。

「たまごー！」

「じゃがいもー！」

「惜しいなぁ。ほんなら、食べてみよか。はい、いただきます」

「いただきます！」

子供達は我先にと、たこ焼きの天ぷらに手を伸ばしたものの、正体が分からないせいか、恐々（こわごわ）といった表情で口に運んだり、二つに割って中身を確認したりしている。

「あ！　たこ焼きや！」

小学校低学年の男の子が叫んだ。

「ほんまや！　たこ焼き！」

「たこ焼きが、天ぷらの中に入ってる！」

そこから大騒ぎが始まり、たこ焼きの天ぷらは瞬く間に捌（さば）けてしまった。

「おばちゃーん。たこ焼き、もっとちょーだい」

「ちょーらい、ちょーらい」

皆が「ちょーだい」を連呼する。

「こらぁ、ちゃんと野菜の天ぷらを食べなさい！」

「ほうれん草、食べてる」と口答えをする子がいて、思わず笑ってしまう。

「ほんまやねぇ。ちょっと今日は野菜が重なり過ぎたかな？」

バックヤードから、余分に作っておいたたこ焼きの天ぷらを出すと、わっと歓声が上がった。

「野菜の天ぷらばっかり余ってしもて……。申し訳ないけど、宅配の分にたこ焼きの天ぷらは入れられへんねぇ」

お弁当用パックに、野菜と納豆の天ぷら、ご飯を詰めてゆく。

表でバイクが止まる音がした。

謙太だ。

挨拶もせずに入ってきた様子から、御機嫌斜めのようだ。

「『こんばんは』は？」

「は？」

「せやから、無言で入ってきて、無言で出て行くんか？」

子供達が「こんばんはー」、「こんばんはー」と口々に言う。

「ほら。子供でも挨拶できるんやで」

「こ・ん・ば・ん・は。これでええんか？　けっ！」

「何を怒ってんのんな？」

「別におばはんに対して怒ってるんとちゃう」

「ほんなら、何で八つ当たりすんのん」

不機嫌の理由を説明しない謙太だったが、嵐を見ると頬が緩んだ。

「おい、俺のこと覚えてるか？」

謙太に頭をぐしゃぐしゃっと撫でられて、嵐が「ぎゃー！」と泣き声をあげた。

「え？　俺、何か悪い事したか？」

「ごめん。ちょっと人見知りするねん」

「お前はええのぉ。お母ちゃんのお腹におる時から、リングに上がってたんやろ？」

——まだ、言うてんのかいな。プロレスラーになるて、そんな夢みたいな話。言うとくけど、中途半端な気持ちででけへん仕事やよ。

そう言ってやりたかったが、言葉を呑み込んだ。

「今晩、泊まらしてくれ」

謙太からのいきなりの申し出に驚く。

「どないしたん？」

「ええからっ！　泊めてくれるんか、くれへんのか、どっちやねん？」

不登校になった時、暫く謙太を預かった事はあった。だが、あの時はカズちゃんが進を頼ったのだし、今とは事情が違う。

「その前に、うちに来たい理由を教えて」

「家におりたないんや。空気悪いし」

何か、家に居づらい事情でもあるようだ。

「どうせ、カズちゃんと険悪になってるんやろ。いきなりプロレスラーになりたいとか、あんたがアホな事ゆうからやで」

「ちゃうって！」

「うちは構へんけど、ちゃんと家には連絡しといてや。カズちゃんが心配するから」

弁当を詰め込んだデリバリーバッグを背負うと、謙太は無言で出て行った。

——ほんま、困った子や。

佳代が「十喜子さん」と後ろから声をかけてきた。

「後片付けは私がやっておきますから。今日はもう……」

「そう？　ほなそうさせてもらいます。お疲れさん」

嵐と一緒に家に帰り、すぐに風呂に入れ、寝かしつけた。

「あれ、何やろ？」

ポストに入っていた手紙を整理していると、ＤＭに混じって陶芸展の案内が入っていた。

余白に手書きで何か書かれている。

十喜子ちん、久し振り。ブリ子ちんから連絡がありました。長いことご無沙汰してて

ごめん。良かったらご高覧下さい。　アラレ

早速、ハガキに書かれていた電話番号に電話する。

『はい。「ギャラリー風香（ふうか）」です』

落ち着いた女性の声に、「あ……」と口ごもる。

「あのぅ、私、岸本という者ですが……」

『十喜子ちゃん？』

女性の口調が変わり、懐かしい同級生の声が耳に入り込んできた。

「もおーーっ！　澄ました声で喋（しゃべ）るから、一瞬、間違えたんかと思たわよー！」

一気に緊張がとける。

『ブリ子ちゃんから久しぶりに連絡があって、十喜子ちゃんが気にしてくれてると聞いたでしゅ。近況を知らせがてら、案内だけ送っとこうと思って……』

「びっくりしたー。いつの間にギャラリーのオーナーに転身したん？」

最後に会った時は、長らく勤めていた弁護士事務所で秘書の仕事を続けていた。

『うーんと、何処（どこ）から話したらいいんでしゅかね……。きっかけは、弁護士事務所の近くにギャラリーがあって……』

そこに通ううちに、気付いたら跡を託される事になったらしい。アラレが話す二十年ほどの出来事が、すぐに十喜子の頭の中に入って来ず、改めて会っていなかった時間の長さを感じた。

「詳しい話は、会うた時に聞かせて。うん、うん。近々訪ねるから」

ギャラリーの営業時間は正午から午後八時までだったが、「一時間程度なら外に出られる」と言ってくれた。一緒にお昼を食べるぐらいは大丈夫そうだ。

そういう事であれば、先にギャラリーで展示物を見て、その後で「たこぐち」でランチをして、解散後にブリ子とお茶を飲むぐらいはできる。

——問題は嵐やなぁ……。

アラレには「ブリ子と日程の相談をする」と言って、とりあえず電話を切った。謙太が訪ねてきたからだ。

「何か食うもんある?」

やってくるなり、夕飯の催促だ。冷凍庫に肉の残りがあった。

「焼肉やったら出来るけど」

「ラッキー」と、謙太は指を鳴らした。

肉を解凍している間に、ウインナー、カボチャと玉ねぎ、ピーマンを切ったものを用意した。タレは市販品だ。

ホットプレートをテーブルに置いてやると、謙太は自分で肉を焼き始めた。

「ご飯はどうする？　白いままか最後に焼き飯にするか」

「うーん。白いままで。それより、ビールないん？」

「未成年に酒は出さへんで」

「とっくに二十歳超えてんねんけど。俺……」

「え！　もうそんな年になってたん？　てっきり十八ぐらいやと思ってた」

十喜子は額をぴしりと叩いていた。

「私もママの事、言われへんわ」

「何かムカつく。未成年やとかどうとか、おっちゃんは、そんな喧しいことを言わへんかった」

「私は進くんとは違う」

決して褒められた事ではなかったが、進は当時、未成年だった謙太や、その友人達に酒を飲ませては話を聞いてやっていた。

「何で、おっちゃん、あんなはよ死んだんや。おっちゃんやったら、今の俺の気持ち、分かってくれたはずやのに……」

十喜子は「代わりにお前が死ねば良かったのだ」と言われた気がした。

——すいませんねぇ。煩いおばちゃんの方が生き残ってて。

四

「いーやや｜、いーや｜、いーややー！」

着替えと紙オムツでパンパンになったバッグを抱えた謙太は、途方にくれたように「嵐ー、頼むわ」と繰り返している。

「保育所に遅刻すんで。ほら」

謙太の声を無視して、嵐は「いーややーーーっ！　いーやーやー！」と泣き叫んでいる。

「おい。今日はお兄さんが送ったるゆうてんねん。ほら……」

手を差し出すが、「いーやーやー！　いーやーやー！」と泣きながら、厨房で仕込みの準備を始めた十喜子の脚にしがみ付く。

「あかんなぁ。私も一緒に出よか。外に連れ出したら、何とかなると思う。ついでに、見回りに行くわ」

「こいつ、いつもこんな泣くんか？」

今朝は謙太の顔を見るなり泣き出した。

「気分悪いわー。何か腹立つ」

「この年頃の子て、こんなもんやよ。慣れたら、けろっとするんやけどな」

コートを羽織り、トートバッグを手に謙太と一緒に外に出ると、嵐が慌ててついてきた。

「ほんなら、いってらっしゃい」

嵐に向かって手を振る。

「おう、任せとけ」

十喜子について来ようとする嵐を、謙太が後ろから抱き上げた。

途端に、「いーやーやー！　いーやーやー！」が始まる。

謙太に抱かれたまま身体をそっくり返らせているから、今にも落っことしそうだ。

「大丈夫？」

このまま任せて良いものかと、ふと不安になる。

「舐めんなよぉ、お前。俺は日頃、二十五キロの小麦粉を運んでるんじゃ。そーれぇ！」

そして、勢い良く嵐を抱え上げると、そのまま肩車した。

「ほーら、高い、高いー」

嵐はぴたっと泣き止んだ。

——へぇ、さすがやわ。

謙太は母親に似たようで、巨漢の謙一ほど大柄ではない。だが、プロレスラーになりたいというだけあって、力は強いようだ。

その時、隣の戸が開いて、加茂さんが顔を出した。

「朝から賑やかやなぁ」

「あ、すみません。煩かったですね」

文句を言いたそうな顔をしていたが、真っ白な髪の謙太を見るなり、加茂さんはぴしゃりと戸を閉めた。

「嵐ー。良かったなぁ。にーにーに肩車してもろて」

謙太の髪を摑んだまま固まっている嵐に話しかけると、また火がついたように泣き出した。

「いぃやーやー！　いぃやーやー！」

「せっかく泣き止んだのに、台無しやないか！　おばはん、はよどっか行って！」

「はいはい。気ぃつけてねー」

歩きながら何度も振り返り、肩車で保育所へ向かう嵐を見送る。背中に嵐の泣き声が突き刺さったが、心を鬼にして振り返らなかった。角を曲がった後も、まだ泣き声が聞こえていて、やがてそれも遠ざかって行った。

――はぁ、やれやれ。

アラレ達との同窓会を控えて、当日は謙太に保育所のお迎えを頼もうと思いついた。試しに聞いてみると「ええで」と快諾してくれた。だが、この調子では先が思いやられる。

――様子見て、無理そうやったら、同窓会の日は早めに帰ってこよ。

今朝はいつもより時間が早いせいか、見守りの人数も多い。

「この時間に珍しいですね」と呼び止められ、立ち話などしている横を、通学中の子供が歩いてゆく。遊びながら歩いている子供には、「遅刻すんで」と言いながら追い立てる。

適当な場所で折り返すと、向こうからとぼとぼと一人で歩いている男の子を見つけた。この調子で歩いていると遅刻する。すれ違いざまに声をかける。

「どないしたん？　今日は寝坊でもしたん？」

近所でよく見かける子だった。

「……うん」

「そうなんや。お母ちゃん、起こしてくれたら良かったのになぁ」

「お母ちゃんは寝てる」

男の子の母親は、十喜子も知っている。子供は放ったらかしで、せっせとパチンコに通っていると評判の若い女性だ。

――子供を産んだからゆうて、自然に親になれる訳でもないんやなぁ。

遊びたい盛りの、まだ人として未熟な年頃に子供を産み、結局はちゃんと育てられない。子供はいい迷惑だが、母親だけを責めるのは違う。子供には父親がいて、それぞれの祖父母もいるはずだ。

――家族て何やろ……。

束縛を嫌い、個人の自由を求めて核家族化が進んだはいいが、身内から顧みられない子供を増やしただけではないか？

考えても詮無い話である。

男の子を学校まで送り、校舎に入るところまで見届けたから、いつもより長い時間がかかってしまった。

途中で住吉大社にお参りをして戻ってくると、南海本線の高架にさしかかる前に「十喜子さん、お十喜さん」と呼び止められた。

「あ、おはようございます。辰巳さん」

心なしか、辰巳の顔色が冴えない気がした。

「忙しい時に悪いけど、ちょっと付き合うてもらえまへんやろか」

「食品日用雑貨のタツミ」の社長であり、住吉鳥居前商店街協同組合の理事長にして「地域の見守り隊」隊長でもある辰巳は多忙だ。いつも忙しないのに、珍しい事もあるものだと思った。

「構いませんよ」

折り入って、何か話したい事があるのだと察し、並んで歩き始める。

連れて行かれたのは「ひまわり」ではなく、少し離れた隣町の喫茶店「ローレル」だった。

踏切の傍にある、三階建てのビルの一階にある店は、煉瓦造りに出窓という、十喜子が若い頃に流行った外観をしていた。中は案外広く、ゆうに十人は座れるカウンターを取り囲むように、四人がけのテーブル席が幾つもある。

セピア色の店内は、コーヒーとパンの香りの他に、煙草の臭いが混じるのが、今となっては珍しい。電車が来たようで、踏切の警報音が鳴るのが聞こえた。

辰巳は隅のテーブル席に座った。

「『本日のコーヒー』は何でっしゃろ？」

「キリマンジャロです」

注文をとりにきた女性が、水とおしぼりを置きながら答える。

「モーニングにしましょか？」

パンはトーストかサンドイッチ、ハムトーストが選べた。

「ワタイはハムトーストで。お十喜さんは？」

「私も同じものを」

朝からひと悶着あったせいで、朝食を食べそびれていた。

広々とした店内には観葉植物が置かれ、ＢＧＭは洋楽の懐メロだ。何より、おしぼりが出てくるのが嬉しい。

「こういう喫茶店も減りましたよね」

「ほんまでんなぁ。ワタイはあの、紙おしぼりというのがイヤで……」

冷えた手を温めるように、温かいおしぼりを揉み解す。

「そこの整形外科に通てた時期がありましてな、その帰りにここで一服してたんです。ママには悪いけど、今でも一人でぼんやり考え事したい時は、ここに来ますのや」

顔の広い辰巳の事だ。商店街近くの喫茶店には大抵、知り合いがいるのだろう。

「お待たせしました」

ハムトーストは、焼いたトーストにハムときゅうり、チーズが挟んであり、綺麗に切り分けられている。

「こないだ、ママが作ってくれたホットサンドも美味しかったけど、やっぱり朝はこういう簡単な料理の方が、ほっとしますね」

見ると、辰巳も同意するように頷いている。

「あの、辰巳さん……。ママから聞いたんですけど、『隣のグループ』が商店街に出店するて、ほんまですか?」

辰巳が腕組みをした。

「結果から言いますと、その話はなくなりました」

「なくなった?」

「つまり、白紙になった。そういう事ですねん」

計画は立てたものの、世情を鑑みて一旦は見送るというのが理由だった。

「……それは、残念でしたね」

「代わりに、別の問題が出てきて、ワタイは難儀してますんや」

そう言うと、辰巳は「はあぁ」と溜め息を漏らした。そして、順を追って話を始めた。

「最初、出店の話を聞いた時は、悪い話やないと思いました。あの企業は、普通の店やったら真似(まね)でけんような原価率で料理を出す代わりに、客の回転率を上げて儲(もう)けを出すという商法で成功したんやわ」

通常、食材の原価率は三十パーセント程度に抑えるが、「隣のグループ」では六十パーセントを超えると言う。

「そのおかげで『隣のグループ』の店舗は、どこも行列ができてます」

高級食材をふんだんに使い、それを他店の半値近い金額で売ったり、ワインも大振りのグラスに並々と注(つ)がれて出てきたりと、いわゆる本格的な料理がリーズナブルに楽しめる、これまで住吉鳥居前商店街にはなかったタイプの店だ。

「オファーがあった後で、試しにワタイも心斎橋の店に行ってみました。オープンする前から人が並んでて、出てきた料理も悪ないんやけど、メインは立ち食いですねん。ワタイは予約して行ったさかい、テーブルにしてもろたけど狭いし、椅子(いす)は座り心地悪いし……。おまけに次から次へと詰め込むから、途中でトイレに立つのも申し訳ないやらで……」

「つまり、長居をさせへんいう事ですね？」

「ワタイらみたいな年寄りは、もうちょっとお金を出してでも、落ち着いた店で食べたいんですな。せやけど、若い人とか、気にならん人やったらあれで十分や。あんな事されたら、専門店はたまりまへんわな。何せ、居酒屋で払う料金に、ちょっと上乗せした程度で本格的な料理が食べられるんやさかい」

辰巳は一旦、言葉を切り、水で喉を潤した。

「『隣のグループ』の話が来た時、組合の理事同士で話し合いの場を持ちましたんや。相手が大きいさかい、こっちもそれなりの準備をしとこうと思いましてな。その時に、商店街の店主らに意見を聞いたんやけど、出店に反対する人らがおりましたんや」

「何でですのん？　話題の店を目当てに客が来てくれたら、商店街が活気づくやないですか」

「お十喜さんも、そない思いまっしゃろ？　食事をした帰りに、そこらで売ってるお惣菜とかコロッケが目に入ったら、夕飯の材料でも買うて帰ろかと思てくれるやないかと。そら、一過性のイベントやったら、その日だけの話で終わるけど、店を構えてくれるんやったら話は別や。せやけど反対派は、店主同士でお付き合いできるような飲食店に来て欲しいと言うんですわ。つまり、店で使う食材を、商店街で買うてくれるようなとこやな」

「あ、そういう事……」

「『隣のグループ』のような外食産業企業は、質の高い食材を、より安く買う為のルートを持っている。そして、一括して買った食材を、各店舗にばらまくのだから、地元の業者に付け入る隙はない。

「反対派が言うには、『隣のグループ』の店に行くような人らは、うちの商店街では買物なんかせえへんし、他所から人が入ってきたら、逆に常連の買物客が落ち着かんようになる。せやさかい、商店街の客層が変わってしもて、『隣のグループ』の独り勝ちになってしまうと言いますのや」

「……確かに、それは一理ありますね」

影響力が大きい点を、反対派の店主達は心配しているのだ。

古い町で商売を成功させるには、周囲に受け入れられるのが肝心だ。進は商店街で洋服屋をしていた母親のもとに生まれ、近所の店の跡継ぎ達と共に成長し、店を開く時には、自然と取り引きが始まっていた。

だから、皆は「進ちゃんの店」と呼んで親しんでくれたのだ。

そんな事情もあり、進が亡くなった後も、十喜子は以前からの仕入先を引き継いでいる。営業に来る業者の中には、破格な値段を提示してくる者もいたが、「うちはご近所づきあいで成り立っている店ですから」と、やんわりと断っていた。

商店街に出店するに当たっても、その姿勢を変えるつもりはない。地元の人達が安心して利用できるような店。つまり、商店街の店主達にも受け入れられ、住吉大社の門前町に相応(ふさわ)しい、町並みに馴染んだ店にしたかった。

それだけに、「隣のグループ」の出店に好意的な辰巳に、何かもやもやとした感情が残った。

「ワタイ、何ぞ気に障る事を言いましたやろか?」

黙り込んでしまった十喜子に、辰巳が尋ねてくる。

「今、お話を聞いて、最初はええ話やと思いました。けど……」

「けど?」

「辰巳さん。私が意見するのも差し出がましいんですが、『隣のグループ』のような店は、ここに来ても、根を張ってくれへんのと違いますか? 儲けるだけ儲けた後は、飽きられる前にさっさと退店してしまうと思います」

それは、大型ショッピングモールと同じ手口だ。彼らは大きな資本をバックに、小さな店では太刀打ちできないような方法で人を集めるから、体力のない地元の小規模な商店街は廃(すた)れてしまう。

だが、いずれはショッピングモールも老朽化し、近くに新しい商業施設が出来たなら採算が合わなくなる。そうなるとさっさと退店してしまい、後には何もない町だけが残る。そんな場所に地元住民は置き去りにされるのだ。

「お十喜さん。住吉鳥居前商店街かて、時代の最先端やった頃があるんです。創業された明治時代には、新しい感覚の業態やった店も多かったはずです」

「……」

「つまり、明治から大正、昭和、平成、令和と、その都度、少しずつ新しいもんを取り入れながら、生き残ってきたんや。今は当たり前になってるもんも、参入してきた当時は古株の店主から反発された。そんな新しい事業かて、参入してきて時間が経つと古株の側になる。そうやって商店街は新しなってゆくんです。古いもんを守りたいとゆうたら聞こえはええけど、要は変わりたないいんでっしゃろ。今は昭和とちゃう。令和の時代でっせ。自分の代さえ良かったらええと考えるのは、単なる怠慢や」

辰巳の言葉に、十喜子は衝撃を受けた。

それでは、十喜子のような考え方の店主は時代遅れで、商店街には不要だと言うのか？

鼓動が速くなるのを感じた。

「そんな訳で、ワタイは商店街が変わるチャンスやと考えたんやけど、向こうが『計画を白紙にする』ゆうんやからしゃあない」

「それで……どなたが反対してはったんですか？」

気を取り直して尋ねた。

「食材を扱うてるとこは、軒並み反対しとった」

という事は、伊勢川だけでなく、八百屋や他の理事達も反対していたのだ。いずれも、先代の時代からここで商売している商店街の古株だ。

外では警報音が鳴っている。ぼんやりと電車が行き来する音を聞いているうち、はたと閃いた。

「辰巳さん。もしかして、小久保さんとこは賛成したはったんですか？『隣のグループ』の参入に」

はっとしたように顔を上げた辰巳の、喉ぼとけがごくりと動く。

「もしかして、お十喜さんとこにも何ぞゆうてきましたか？」

事の次第を話すと、辰巳がまた溜め息をついた。

「話が白紙になったさかい、なかった事にという訳にはいきまへんなぁ。すっかり険悪になってしもて……」

伊勢川が文句を言いにきた理由に、ようやく合点がいった。

そして、伊勢川に限らず、個人商店主は自分の器量で商売しているせいか、個性的というか、やや協調性に欠けるきらいがあった。

「いっぺん揉めてしまうと、後が大変で……。結局は『隣のグループ』には、さんざん引っ掻き回されただけで、何も得るもんはなかったんですわ」

「そうやったんですか……。カズちゃんも大変やなぁ、ご主人は商店街の店主から総スカンで、子はいちびった事を言い出すしで」

「謙太が、また何ぞしでかしたんでっか？」

「いえ、私からしたら、そんな大した事やないと思うんですけど、カズちゃんがちょっと……」

「カズちゃんなぁ」と辰巳が笑った。

「あの人はほんま、娘時代から変わりまへんな。自分の思い通りにならんと、気がすまんというか……」

「謙太くんも家におるのがしんどいみたいで、今、うちに泊まりにきてるんです。ちょうどええから、嵐の保育所への送り迎えをやってもろてます」

「そうだっか……」

辰巳はコーヒーカップを手に取ると、もう一度「そうだっか」と呟いた。

五

「いやぁ、相変わらず『アラレちゃん』かと思たら、ちょっと雰囲気変わった？　学校の先生みたいになって……」

アラレを目にするなり、ブリ子が大袈裟な声を上げた。

「五十を過ぎて『アラレちゃん』はないでしょ」と十喜子が言うのを、アラレはにこにこと笑って聞いている。

　さらさらの髪は短く切り揃えられ、セルフレームの眼鏡は細い金縁に変わった。そんな知的な佇まいを漂わせているアラレからは、アニメや漫画が好きだった少女時代を想像できない。

「何か調子狂うわ。他の人がアラレの皮を被ってるみたいで……」

「今、私の周りにいる人は、誰も私のこと『アラレ』とは呼ばないでしゅよ」

　舌たらずな口調は変わっておらず、「やっぱり、アラレや」と、ブリ子は喜ぶ。

「で、すぐに出れるん？」

　アラレは扉を施錠すると、ドアノブに「十四時には戻ります」と書かれた札を吊るした。

「この時間には、滅多に人が来ないんでしゅ」

　ギャラリーは靱本町にあり、そのまま南下すれば圭介の店がある西大橋へと辿り着く。喋りながら歩いているうちに、長堀通りが見えてきて、その手前で左折すると圭介の店だ。

「ほんまにケイちゃんがやってるん？」

　ブリ子は階段を降りて、半地下にある店を窓越しにそおっと覗く。

「嘘ぉ。何処におるん？　ケイちゃん」

　そう言いながら、ブリ子はにやにやしている。

「何か見たことあるような、ないようなおっちゃんがおるけど」

「いらっしゃいませ」

覗いているブリ子に気付いた圭介が、扉を開けて迎えてくれた。

「わー、何処のおっちゃんかと思たやん！　あの、シティボーイが……」

ブリ子は圭介の全身をじろじろと眺めまわす。

「真理子さんこそ、シティボーイなんて死語ですよ」

圭介が苦笑いをした。

「さぁ、どうぞ」

カウンターの一角に「予約席」と札が立てかけられている。

「あれ？　たこ焼きだけなん？」

ブリ子がメニューを裏返した。

「すみません。お昼のお食事はたこ焼きの他は、利き蛸セットだけとなります」

十喜子が「塩チーズが美味しかったで」と言うと、「全種類、制覇したい」と威勢の良い声が上がる。

「今日は三人様ですので、ハーフにすれば六種類ご用意できます。塩チーズがけ、その他四種類のソース。そして、何もかけない物をご用意して、皆さんで摘むのは如何（いかが）でしょうか？」

「さんせーい！」と皆の声が揃った。

すかさず、「ケイちゃん、利き蛸セットもお願い！」とブリ子が言う。

飲み物は、十喜子とブリ子がスパークリングで、お酒が飲めないアラレはノンアルコールワインを注文した。

「はーい。それでは再会を祝って乾杯！」

「かんぱーい！」

圭介も水が入ったグラスで応じた後、調理を始める。

国産二種とモロッコ産の蛸を食べながら、それぞれの近況を喋っているうちに、たこ焼きが焼き上がる。注文してから十五分ほどだろうか。

まずは、何もかけない素のたこ焼きがカウンターに置かれた。

出汁がしっかり感じられて、これだけでも十分に美味しい。

「あちっ！　あちっ！」

「火傷しそう……」

焼きたてのたこ焼きは、中に熱い水蒸気が詰まっているから、うっかり口に入れると火傷する。

だが、ブリ子は平気らしく「小ぶりやから、ペロリといけるわ」と言いながら、次々と口に放り込んでゆく。

この間は嵐を連れていたので、調理する様子を観察できなかったが、圭介はひっきりなしに千枚通しでたこ焼きを回している。表面をかりっと焼く為の必須条件だ。

この店では、材料を全て後から振り入れるのではなく、昆布と鰹節をしっかりと効かせた出汁に、あらかじめ天かすを混ぜてしっとりとさせるのが特徴のようだ。そして、たこ焼きの大きさに合わせて蛸は小さめに、紅ショウガや葱も細かく刻まれている。

「ソースは、ちょっと甘めでしゅかね？」

「これはこれでイケるけど……。私はソースマヨネーズの方が好きや」

ソースマヨネーズには鰹節と青海苔粉が振られ、ほんのりと生姜の味が効いている。そして、醬油系のソースはあっさりとしていて、こちらは食べ飽きない。

派手な事はしていないものの、仕事が細かく、全てに行き届いているというのが十喜子の印象だ。

最後に出された塩チーズには、ブリ子とアラレも度肝を抜かれたようだ。

「うわぁ、これは美味しいわ！」

「綺麗でしゅ！」

二人とも歓声を上げている。

圭介の手が空くのを待って、新しく店をオープンさせる為のノウハウを聞きたかったが、十喜子達の後に次々と客が入ってきたから、こちらの相手をする間もない。

精算後、クリーニングしたひざ掛けを返しただけで、店を出た。

「あ、お気遣いなく」

外に出て見送ろうとした圭介に、ブリ子が手を振った。

「その代わり、今度、飲みに行こ！」

「是非、お誘い下さい」

「絶対やで！　カラオケ行こな！」

外で待っている客もいて、十喜子達と入れ替わりに中へと入った。

「いやぁ、えらい繁盛してるやん。大したもんやな。ケイちゃん」

感心したように、ブリ子は何度も店を振り返っている。

「あんな人でしたっけ？」というアラレの問いかけに、「ちゃうちゃう。全然別人」と答えている。やはり、二人とも圭介の変化に驚いているのだ。

喋りながら歩いたせいか、あっという間にギャラリーの近くまで来ていた。名残惜しかったが、アラレとはここで解散だ。

「これをきっかけに、また四人で会おな」

ブリ子が手を振ると、アラレも「もちろんでしゅよ」と手を振り返した。

その表情は心底、旧友との再会を喜んでいるようだった。

疎遠になった時、もしかして、何か気に障る事でもあったのかと気に病んだが、アラレにはアラレの事情があったのだ。

十喜子が血眼になって颯の行方(ゆくえ)を捜していた頃、アラレは勤めを辞めて、新しい仕事を始めていた。そこには、主婦の友人達には言えない不安や苦労、もしくは高揚感ややりがいがあったはずだ。

——若い頃は何でも話せる友達やったけど、だんだんと話されへんことの方が多なるもんなぁ……。

その件ではブリ子に叱られた。颯が消息不明になった時、何故、自分に連絡して来なかったのかと。

だが、大人になれば、友達といえど互いを取り巻く環境が変わるし、立場も違ってくる。そこで起こった悩みを共有するのが段々と難しくなる。何でも話せる友人というのは、人生経験の乏しい期間限定の、幻の存在なのだ。

「さて、どうする？　十喜子」

「私は晩御飯までに帰れたら……」

「お孫さん、放っといてええん？」

「うん。人に頼んできた」

「よっし。ほんなら、私のお勧めの店へ行こ。お昼がたこ焼きだけやったから、おやつは豪勢にな」

タクシーを拾って御堂筋沿いで降ろしてもらい、連れて行かれたのは、ティーポット形の看板に赤い扉が可愛らしい店だった。ケーキが並んだショーケースを見ながら店の奥に入ると、狭い階段を上って二階へと向かう。

そこは出窓に分厚いカーテンがかかった、「サロン」と呼ぶのが相応しいような落ち着いた内装のフロアだった。

それぞれ好みの紅茶とお菓子、ケーキが選べるアフタヌーンティーセットを注文した。

オーダーを取り終えた店員が立ち去ると、すぐに圭介の話になる。

「ケイちゃん、東京に転勤が決まった時、例の彼女にプロポーズしたんよ」

あれから新たな情報を入手したらしく、ブリ子は話したくてうずうずしていたようだ。堰(せき)を切ったように早口になっている。

「そしたら、彼女、何て言うたと思う？」

勿体(もったい)ぶるように、言葉を切った。

「『神戸(こうべ)を離れたない』て……」

「えー、何で？」

「親の傍におりたかったか、神戸に愛着があったんか……。どっちかちゃう？　知らんけど。ほんで、ケイちゃん、せっかく入った会社を辞めてしもたんやって」

「ひええっ！」

思わず素っ頓狂な悲鳴を上げてしまい、慌てて口を塞(ふさ)ぐ。

「……諸口さん、しっかりした、ええ会社におったのに？」

声を潜める。

「そうや。ほんで、転勤とか単身赴任がない会社に転職して、ようやく彼女との結婚に漕ぎ付けたらしい。それも、養子さんに入るいう条件で」

「せやのに、何で店をやってるんやろ？」

「離婚したんかもなぁ」

「分からへんわよ。奥さんも一緒に店をやってるんとちゃう？」

ブリ子は疑わしそうな目をした。

「ほんまぁ？　実家の近くにおりたいからって、彼氏に会社辞めさせるような子やでぇ」

「私かて、まさか五十を過ぎてたこ焼き屋をやるとは想像もできひんかった。若い頃からずっと働いてた病院で、そのまま定年までと思てた」

人生、何があるか分からないのだ。

「それに、諸口さんの店は心斎橋の外れやけど、一応は繁華街やよ。賃料も高いはず。他所の店で修業してたと言うてたけど、軌道に乗せるまでは大変やったと思うねん。もしかしたら、最初は彼女のご実家の援助を受けてたんかもよ」

六

帰宅すると、まだ謙太と嵐は帰ってなかった。

どうやら入れ違いになったようだ。

テーブルにはスープが半分残ったカップ麵と、コンビニおにぎりの袋がそのままになっている。謙太が散らかしたゴミを片付けていると、表で声がした。

「がちゃがちゃがちゃがちゃ」

意味不明なはしゃぎ声は嵐だ。

がらりと戸が開いた。

「ただいまー。あー、しんど」

帰宅した謙太は、ヘトヘトになっていた。行きと同じように、嵐を肩車している。

「ご苦労さん。ここまで声が聞こえてたわよ」

行きは肩車で何とか機嫌が直ったものの、謙太が迎えに行くと、そんな事は忘れたように、また嵐に泣かれたと言う。朝と同じように肩車で黙らそうとしたら、他の子供達にせがまれて、順に肩車してやる羽目になったそうだ。

「帰りが遅いて心配してたら、そういう事やったん？」

「俺に何かあったら、労災やで」

嵐を下ろしながら、謙太が文句を言う。

「人の家でただで寝泊りしてるんや。それぐらい手伝いなさい。それより、電話。出んでええんか？」

先ほどから、スマホに何度も着信が入っているのに、謙太は無視している。

「ええねん。相手はどうせ和枝やから」

辰巳から聞いた話が、十喜子の頭をよぎった。

「お母ちゃん、色々と不安なんとちゃうのん。昔からの友達に仲間外れにされて、あんたまでけったいな事を言い出すしで……」

「おっさんらのしょうむない諍いに、何で俺まで巻き込まれんとあかんねん」

その口ぶりから、父親が商店街の店主達と険悪になっているのを知っているらしい。

「俺は今度の事で、つくづく家業に嫌気がさしたんや」

「揉めてるのは、お父ちゃんの家業のせいとちゃうやろ？」

「せやけど、親父とおんなじように自営業してるモンが、人の悪口を言うて、脚を引っ張ってくるんやぞ。子供かっちゅうねん」

確かに、伊勢川の態度は大人気ない。他の店主達も似たようなものなのだろう。

「こっちは汗水垂らして、重たい袋を運んどるんじゃ。人よりしんどい仕事してんのに、何で肩身の狭い思いをせんとあかんのじゃ」

「そら、色んな人がおるから、意見が分かれる事はあるわよ。それに、あんたみたいな人がおってくれるから、私らは助かってるんよ。うちだけちゃう。パン屋も製麺所も……」

だが、謙太は話を遮った。

「自分の夢を追うたらあかんのけ？」

謙太が横目で睨んできた。

「いや、夢も何も……。あんた、そんなにプロレスが好きやった？　よう考えた方がええてゆうてるだけで……」

十代の頃の颯が頭をよぎった。

「ここにいたくない」という理由だけで家を出て行った。そんな息子に謙太を重ねた時、冷たい手で首筋を撫でられたようにうすら寒くなる。

「それより、飯は？」

デパートの地下にある食材売り場で、おかずを買ってきてあったが、思い直した。

「プロレス飯なんかどうや？」

「は？　プロレス飯？」

「菜美絵さんが、まだデビューする前。『ガールズプロレス東京』に入門したばっかりの、下積み時代に食べてたご飯。それを食べ続けて、あの大きな身体を作ったらしい」

謙太の顔が、ぱっと明るくなる。

「うっひょおー、昨日は焼肉で、今日はプロレスラーの食いもん？　何やろ？　やっぱり焼肉やったりして」

つられて嵐も「やきにうー」と一緒に声を出し、嬉しそうに笑っている。

「嵐！　今日もご馳走やぞ！　お前とこのおばーちゃんはええ人やな」と、嵐の手を取って、ぐるぐると輪をかくように踊り出す。

「やっきにくっ！　やっきにくっ！」

「やっきにうー、やっきにうー」

「はい、はい。すぐできるさかい、手ぇ洗っといで」

洗面所へと行き、すぐに戻ってきた謙太が、テーブルを見て「え？」という顔をした。

「何やねん？　これ」

丼一杯のご飯に、紅ショウガを載せたものを前に、顔をきょろきょろと動かした。

「もしかして牛丼？　順番が逆とちゃうんけ？」

「お肉なんか載せません」

「は？」

「今日はおかずはありません。ご飯のお替わりと付け合わせの紅ショウガやったら、幾らでもありますすけど」

途方にくれたように、丼を見つめる謙太。

「菜美絵さんはな……」

十喜子は諭すように言った。

「中学を出てすぐにプロレスラーの門を叩いた。その時に食べてたのが、この紅ショウガご飯や。入門したばっかりで、まだファイトマネーは貰われへん。お金がないけど、身体を大きさせなあかん。せやから、肉の代わりに、ただで食べられるご飯に紅ショウガをかけて、今の位置に上り詰めたんや」

謙太は席につくと、丼を手にとった。そして、一口、二口と食べた後、箸をおいた。

「美味しないでしょ？　せやけど、それが菜美絵さんの原点や」

ろくに食べ物を与えられない子供時代を送った菜美絵だったから、そんな粗食にも耐えられたのだ。

その事に謙太が気付いてくれるよう願った。

「……何が言いたいんや？　俺は甘やかされて育ったから、プロレスラーになられへん。そない言いたいんか？」

「そうやない。ただ、外側から見える華やかさだけで、判断して欲しないだけや。菜美絵さんのかっこええとこだけ見て、分かった気ぃになったらあかん。私はそない思うねん」

圭介もアラレも、十喜子と疎遠になっていた間に、人に言えないような経験をし、それぞれ自分の世界を確立したのだ。

その事を謙太に知ってもらいたかった。

「せやから、今日はそのご飯を食べて、よう考えなさい」

うどんすきと人間模様

「沢井さん……じゃなかった、岸本さんでしたね」

　圭介は再度、「岸本さん」と言い直す。

「お気遣いなく。呼びやすい方で結構ですよ」

「それでは、沢井さん。一人で回すのであれば、食器は慣れたものをお使いになるのをお勧めします」

　十喜子が焼いたたこ焼きを綺麗に食べ終えると、圭介は慎重な手つきで持ち上げた。

「三角形というのが面白いし、そんなに重くもない。この器で十分だと思います」

「でも、それは旦那が遊びで作った器で、諸口さんの店を見た後やと、何や見すぼらしく思えてきて……」

　店をオープンするにあたって、色々と相談したいと連絡すると、わざわざ圭介がこちらまで足を運んでくれた。

「もう、あまり時間はないでしょう？　食器の発注は、せめて一ケ月前にはしておかないと……」

　一月も中旬に入ろうとしていた。

　オープンは二月第二週の月曜日、二月八日と決めていた。

物が売れないと言われる二月だが、その日は嵐の誕生日だった。

年末年始に帰省できなかった菜美絵は、嵐の誕生日に合わせて休暇を取っていた。新店オープンで忙しい時期に嵐を任せる事ができるし、できれば店にも顔を出してもらいたかった。

「ちょっと、食器の数を見せて下さいね」

水屋を開け、圭介は中を見分した。

「意外と見過ごしがちなのが、食器の数なんです。満席になるのを想定して、座席数にプラスして余分に揃えてあっても、ピーク時に食器洗いが間に合わなくなるんです」

「だいたい、どのぐらい用意しといた方がいいですか？」

「僕は、コップやメインのお皿は、座席数の二倍用意しました」

新店の席数はカウンターが六人、奥の小上りにあるテーブル席は六人、欲張れば七人まで入れる事ができるから、十三人で満席だ。

「お皿は三十枚か……。何とかなりそうですね。実際に稼働すると、欠けさせたり、割ってしまう事もあります。ただ、たこ焼きは焼くのに時間をいただくし、ピーク時のラーメン店みたいにどんどん回転してゆく訳じゃないから、丁寧に扱えば何とかなるでしょう」

暫くは手持ちの器を使い、慣れてきてから新しい皿を探せば良いと助言される。

「新しい店をオープンさせるからって、何もかも新しくする必要はないんです。ちなみに僕の店、以前はイタリアンで、前の店主が残して行ったテーブルや椅子をそのまま拝借してます」

師匠の店で働きながら、閉店後には自分で壁にペンキを塗るなどして、初期費用を抑えたと言う。

「だから、ペンキ塗りぐらいなら手伝えますすよ」

「ありがとうございます。お願いするかもしれません」

ただ、そちらは塗装屋で働いている謙太の同級生が、格安で引き受けてくれたから、何とかなりそうだった。

「他に何か不安とか、ありますか？」

「そうやねぇ……。もう、何もかもが不安です。私かて、主人が亡くなった後、四年半ほど一人で店をやってたんやけど、すっかり自信がなくなってしもて……。」

「分かりますよ。そのお気持ち。……まぁ、器材や食器は消耗品ですから、いずれは買い足す必要が出てきます。その時に考えればいいんじゃないですか」

「諸口さん、宣伝とかはどないしました？」

「特に何も……。師匠の店の常連客に、『独立する』とお伝えしたぐらいだったかな？　沢井さんが開業するのは商店街で、人通りがあります。工事してたら道行く人が注目してくれますから、シャッターにオープン日を書いて貼っておくだけでいいんじゃないですか？　特にサービスも必要ないですよ」

　うっかり派手に宣伝して、サービス目当ての客が殺到したなら、一人では対応できないだろうと言う。

　それでも、オープニング時には予想外の人数が来店する可能性もあるから、多少のロスが出るのを覚悟して、通常よりも材料は多めに仕入れておいた方が良さそうだ。

「最初は少し余裕を持たせて管理し、徐々に無駄を省いていくようにすると良いですよ。その辺りは長年、沢井さんも店を切り回してきたのだから、大丈夫ですよね。問題は厨房内でのオペレーションでしょうか。ここは動線も違いますし、これぱっかりは経験を積んで熟練するしかない」

「そうなんよぉ。今、試しにイートインやってるけど、客が二組入っただけで、パニック起こしそうになる。慣れた場所で、そうなんやから、新しい店でちゃんと要領良うできるんかどうか……」

　相手が頼もしいのを良いことに、次から次へと弱音を吐いてしまう。

　圭介は何かを考えるように、一点を見つめていた。

「プレオープンを行うのはどうでしょう？」

　本格的なオープン前に、作業の流れに慣れる為に、お試しで予約客のみで営業する方法らしい。

「慣れたところで、振りの客を入れるんです」

「いやぁ、たこ焼き屋に予約て、ちょっと大袈裟でしょ」

「じゃあ、レセプションかな……」

「レセプション？」

「友人や知人、取引先を招いて、予行演習するんです」

「つまり、知り合いをおもてなしとして呼ぶんやなくて、実際に注文してもろて、接客する。そういう事やね？」

「そうです。相手は知り合いなので、失敗しても大丈夫ですし、忌憚ない意見も聞けます。色々と足りない部分も見えてくるのでは？　自腹を切るのが難しければ、千円だけ頂いて、好きなだけ頼めるようにするとか」

その時、ふと伊勢川の顔が思い浮かんだ。

レセプションに組合の理事達を呼べば、仲直りのきっかけにならないだろうか——と。

「やっぱり、お金は頂かんとこと思います」

「沢井さん、僕から切り出しといて何だけど、そこはあまり無理しない方がいいですよ」

「聞いて、諸口さん。実は……」

今、商店街で起こっている問題を、圭介に話す。

「なるほど、レセプションを仲直りの場にしたいんですね？　でも、そんなに上手く行くかなぁ……。男は子供だから」

「皆、ここで生まれ育って、小さい頃からの仲やから、余計に難しいんです。大人になってから知り合った相手やったら、ちょっとは遠慮するやないですか。辰巳さんも困ってはるし、私も頭が痛い」

　さすがの圭介も、この問題に関しては良いアイデアが出てこないらしい。腕組みしたまま、考え込んでしまった。

「すいません。何か変な相談してしもて」

「いえ、僕こそ、あまりお役に立てず……。とりあえず、ワンオペの場合は何処かで線を引くというか、割りきりが必要ですね。たとえば、ランチタイムの終業間際になって、一人では捌けない人数のお客様がお越しになった場合、僕は『生憎、材料を切らしてしまって……』と謝って、お帰り頂いています。嘘も方便ですよ……」

　圭介は、そういう時の為に簡単な粗品を用意しておいて、「またのお越しお待ちしています」と渡していると言う。

「お客様を逃すのは痛いですよ。ただ、うちの場合は夜の仕込みがありますから、ランチタイムがずれ込むと厳しいんです。やはり一人でのサービスには限界があります」

「凄いわ、諸口さん」

　十喜子は感心していた。

「イメージと違うというか、私が知ってる諸口さんやない。そうやねぇ……。根っからの大阪の商売人みたい」

「実は僕の師匠は、生まれも育ちも大阪じゃないんですよ」

外様ゆえの苦労もあって、弟子である圭介には大阪で商売してゆく上での流儀を叩き込んだらしい。

地の利に甘え、マイペースで適当な商売をしていた進や、流れに任せて跡を継いでいる十喜子とも違う苦労人なのだ。

──苦労が、ここまで人を変えるんやなぁ……。

「ところで、お孫さんは……」

圭介が左右を見回した。

「この時間は保育所に預けてます」

「じゃあ、今日は会えないんですね」

「諸口さん、お子さんは?」

自然と口をついて出ていた。

「男の子が一人……」

だが、次の言葉に、十喜子は戸惑う。

「もう、長いこと会ってないんですけどね」

「え？　長いことって……」

「離婚したんです」

そして、重たい荷物でも下ろしたように、圭介は「はあっ」と大きく息を吐いた。

「ついつい、言いそびれちゃって。子供が生まれた後に別れました」

やけにさっぱりした口調が、かえって気になる。

「そうでしたか……。すいません。何か悪いこと聞いてしもて……」

太陽が傾いたのか、室内が薄暗くなる。黙り込んでしまった二人の周囲を、息苦しい空気が取り囲む。

そんな緊張感を破るように、カラリと玄関の戸が開いた。

「申し訳ありません。今日は休業日なんです」と振り返り、目を疑った。

「いやっ！　颯やないの。どないしたん？」

菜美絵は連れておらず、一人だった。

「一足先に休みを貰（もろ）たんや」

「ほんま？　まさか菜美絵さんと喧嘩（けんか）して、黙って飛び出してきたんとちゃうやろね？」

以前の事があるから、そう尋ねずにはいられない。

「おいっ！　おかん！　せっかく俺（おれ）が……」

文句を言いかけた颯は、圭介がいるのに気付いて言葉を呑（の）んだ。

「あ、息子です」

驚いたように、圭介が目を瞠った。

「こんな立派な息子さんがいるんだったら、心強いじゃないですか」

立派でも何でもないのだが、「はぁ、まぁ」と笑って誤魔化しておく。

「颯、この方は西大橋でたこ焼き屋を経営してる諸口さんや」

「どうも……」

胡散臭そうな目で圭介を見ただけで、颯はそのまま二階へ上がってしまった。階段を上る音に続いて、二階の扉を開閉する音がやけに大きく聞こえた。

「ほんま、身体だけ大きいのに、中身は子供で……」

すっかり気まずい雰囲気になる。

「じゃあ、僕はそろそろ……」

ちょうど嵐のお迎えの時間も迫っていた。

ハンガーにかけておいた圭介のコートを手渡し、玄関まで送り出す。駅まで見送ろうとしたら「いや、ここでいいですよ」と遮られた。

「ほんま、今日はありがとうございました。また、相談に乗って下さい」

駅に向かう途中、圭介は一度振り返り、手を振ってきた。十喜子も小さく手を振り、圭介の背中が見えなくなるまで見送った。

「何者や、さっきのおっさん」

家の中に戻ると、颯が二階から降りてきた。

「おっさんとは何やのん。失礼な……」

「まさか変な業者とちゃうやろな」

「諸口さんは古い友達で、たまたま入った店でたこ焼きを焼いてはった。せやから、今日は色々と教えてもろてたんや」

「色々……、色々なぁ……」

何か言いたげな目で十喜子を見る颯に、進の顔が重なり、ぎょっとする。

（十喜子、要はお前が他の男に心変わりしたんやろ？）

もう三十年以上も前の光景が、いきなり蘇(よみがえ)ってきた。

住吉祭の夜、圭介を連れて住吉鳥居前商店街を訪れ、その後に起こった騒動が――。

進はブティック「リリアン」の一人息子として、母親から溺愛(できあい)されただけでなく、商店街中の人から「進ちゃん」と呼ばれ、甘やかされていた。そんな場所に圭介を案内したのだから、今から思えば騒ぎになって当然だった。

ルミ子から「どういう事やの？」と問い詰められ、辰巳や「ひまわり」のママ、バイト先の店主・福子(ふくこ)らが見守る中、十喜子は進に別れを告げた。

あの時も、進は今の颯と同じように冷ややかな目で十喜子を見ていた。

二十歳から付き合い始めて三年、仕事が続かない進には愛想を尽かしていたし、喧嘩も絶えなくなっていた。

圭介と出会ったのは、そんな頃だった。高校時代からの友人ブリ子が、十喜子を心配して「まともな男性と付き合い」と、圭介を紹介してくれたのだ。

だが、結局はご縁がなかったのだろう。

十喜子は外堀を埋められるような形で進と一緒になり、圭介も思いを寄せていた女性と結婚した。そんな二人が巡り巡って三十年以上の時を経て再会した――。

「それより、あんた。帰ってくる時は連絡してや。急に帰って来られたら、晩御飯の用意がでけへんやないの」

急に噴き出してきた過去の感傷に困惑しながら、それでも十喜子は母の顔を取り戻して言う。

「自分の家やのに、何で遠慮せんとあかんねん」

「私にかて都合があるんや」

「ふうん。都合な。そら、邪魔して悪かった」

そして、「けっ」と言うと背中を向けた。

二

「いよいよでんなぁ」

十喜子の横に並んだ辰巳が、養生カバーの隙間から中を覗き込む。

工務店が契約している業者が「ジェイジェイ」の中に入り、古い壁紙や不要な什器を撤去して行く。バールを使ってベニヤ板を剝がしている今、中では盛大に埃が舞っていた。

「ワタイの目の黒いうちに、ここが埋まって良かったです」

埃を手で払いながら、辰巳は養生カバーを閉じる。

「ご心配をおかけしました」

店の青写真は随分と前に出来ていたのに、十喜子の心が決まらず、すっかり間が開いてしまった。

「ほな、ぼちぼち行きまひょか」

辰巳と並んで商店街を歩く。

一月の住吉大社駅は、周辺に人の姿が多くなる。住吉大社には例年、大勢の初詣客が参拝するから、年末年始は大変な賑わいだ。十日には「商売繁盛で笹持ってこい」のえべっさん。

そして、十五日には古い御札やお守り、正月のしめ縄、飾り物を焼くとんど祭があり、今日はその翌日である。正月気分もすっかり取り払われ、町にも日常が戻ってきていた。

「颯くん、戻ってきはったん？」

「社長のご厚意で大阪に戻れるようにしてくれたそうです。『親孝行してこい』と」

「良かったやないか。社長も粋な事をしはる」

「お情けで菜美絵さんの付き人にしてもろてるだけで、大して役に立ってへんのでしょ」

「休暇取れたんは、颯くんだけだっか？ ストーミーはんは、どないしてますのや？」

「菜美絵さんは試合があるし、テレビ出演もあるから、まだ戻られへんみたいです」

「えっ！ テレビ？ 何処の番組だっか？ 皆にゆわんと」

「テレビゆうても、こっちでは映らへん番組やから……」

颯が「手続きしたら、ネットで視聴できる」と話していたが、ネット音痴の十喜子は、説明を半分まで聞いたところで頭がこんがらがり、「もう、ええわ」と言っていた。

「私らは本物の菜美絵さんに会えるんやから、別にテレビの画面を通して観んでもええでしょ」

「そらそうやけど……」

十喜子は昆布屋の店先へと近付き、店頭に立っていた女性に挨拶する。

「今年もよろしいにお願いします」

この店では、出汁昆布を仕入れていた。

一緒についてきた辰巳も、「お十喜さん、もうすぐ商店街に店を出しはるねん。せやさかい、よろしい頼んます」と頭を下げる。

「十喜子ちゃん、いつ商店街に来てくれるん？」

来客の気配を察してか、辰巳と同年代の店主が奥から顔を出した。

「オープンは二月八日でっせ。御主人、皆に言うといてや」

横に並んだ辰巳が、十喜子の代わりに答える。

「節分の後か？　ちょうど節目の頃やなぁ。めでたい、めでたい」

我が事のように喜んでくれる。

「そこで、お世話になった人をオープン前にお招きして、ちょっとしたレセプションをやります。昆布屋さんにもお越しいただきたいんです」

「そら有難いわ。何を措いても馳せ参じるで」

招待状を渡すと、頭の高さに掲げて「おおきに」と恐縮している。

十喜子の店では、昆布と青葱、蛸をそれぞれ住吉鳥居前商店街の店舗で、小麦粉は「小久保製粉所」で、そして、それ以外の材料、天かす、紅ショウガ、鰹節、ソース、マヨネーズは「食品日用雑貨のタツミ」で一括して仕入れている。

「昆布屋さんは、『隣のグループ』の反対派やったんと違うんですか？」

店を出てから、そっと辰巳に聞く。

「確かに反対はしとったけど、出店せえへんねんやったら何も問題あらへんし、賛成しとった人らとも元通り仲良うしたらええという考え方です。まぁ、それが普通ですわな」

続いて、八百屋に顔を出す。

八百屋は、辰巳と十喜子の顔を見た瞬間こそ緊張感を漂わせていたが、招待状を差し出すと態度が変わった。レセプションにも「喜んで参加するわ」と言ってくれたから、ほっと胸を撫でおろす。

「今後とも、よろしいにお願いします」

「おう。年末に届けた葱、そろそろ切れる時期とちゃうか？　また、届けるさかい、いつでも言うてや」

そして、十喜子が夕飯用に買ったキャベツ一玉を、十円値引きしてくれた。

「相変わらずチョロいやっちゃ。タダで飲み食いできると分かったら、ころっと態度を変えよるんやさかい」

辰巳が含み笑いを漏らす。

「やっぱり、一番怒ってるのんて、伊勢川さん？」

「そうやな……」

「私も困ってるんです。ずっと、伊勢川さんで蛸を仕入れてたから……」

商店街には他にも鮮魚店はあったが、そちらを利用したならしたで、余計に溝が深まりそうだった。今のところ、商店街としがらみのないスーパーで蛸を見繕っているが、日によって数が揃わなかったり、何よりコストがかかり過ぎた。

「皆さんをレセプションに招いて、仲直りの場にしたいんですけど……」

「お十喜さんの気持ち、ワタイも嬉しいんやけどなぁ」

圭介と同じように、辰巳も「そう簡単な問題ではない」と言いたげだ。

遠くから眺めると、伊勢川は店頭で魚を捌いているところだった。

「段々と緊張してきたわ」と十喜子が言うと、「せやから、今日はワタイもついてきたんやないか」と辰巳に励まされる。

「今日は新年のご挨拶がてら……」と声をかけたが、伊勢川は目も合わせてくれない。

「おたくらに売るもんはない」

鯛の鱗を取りながら、ボソリと言う。

「そないなイケズゆわんと。お十喜さん、思うように蛸が手に入らへんて困ってるんやで」

「小久保と取引すんのんやめたら、考えたってもええ」

呆気にとられ、言葉を失った。

「伊勢川はん」

辰巳が重い声を出したから、ぎくりとする。見ると、拳を握り、身体を震わせている。

「あんさん、考えたってもええ……て、それが長いことお付き合いしてくれたはる人に言うセリフだっか？」

ちょうど通りかかった人が、何事かと振り返ってゆく。

だが、辰巳の言葉が響かなかったのか、伊勢川は俯いたまま魚を捌いていた。その手つきに淀みはない。

十喜子は、辰巳の上着の袖を引っ張った。そして、伊勢川には一礼して、その場を立ち去った。

「人に物を買うてもらうのが仕事やのに、なんちゅう事を言うんや！　商売人の風上にもおけん！」

腹の虫が治まらないようで、辰巳の語気は荒い。

「辰巳さん。もしかしたら伊勢川さんは、引っ込みがつかんようになってるんとちゃいますか？　振り上げた手ぇ、どう降ろしたらええんか、自分でも分からんようになってて……」

同じ反対派だった昆布屋や八百屋は、妥協しようとしているのだ。となると、いつまでも態度を硬化させたままの伊勢川は孤立してしまう。

だが、辰巳は容赦ない。

「それとこれとは別です。ゆうてええ事と悪い事がある」

余程、腹が立ったようで、それを「まあまあ」と宥めながら、小久保製粉所まで行く。

小久保製粉所の本社工場は生野区にあり、住吉鳥居前商店街の店舗では、自社製品を小売りしている。そこは元はカズちゃんの実家がコロッケを売っていた場所で、十喜子が高校時代にバイトをしていた「フクちゃん」の向かいだ。

その「フクちゃん」で、十喜子はお好み焼きや焼きそばを売っていた。今は別の店主が回転焼きを売る店にしていたが、進と初めて顔を合わせた、いわば馴れ初めの場所でもある。

「ごめんください」

サッシ戸を開くと、カズちゃんは接客中だった。

店内は天井に梁を渡した山小屋風で、ぶら下げられたペンダントライトと木製の棚が目に入る。棚には少量に小分けされた小麦粉や天ぷら粉などの粉類の他に、小久保製粉所特製の蕎麦とうどんが売られていて、「新商品」と赤い札が貼られていた。

包んでもらった蕎麦を手に先客が出て行くと、カズちゃんがお茶を運んできた。珍しい事だった。

「十喜子ちゃん。うちのアホ、ちゃんと心を入れ替えたんやろか？」

「さぁ、どうやろ……」

プロレスラーになりたいという謙太には、ご飯に紅ショウガを載せただけの夕飯を出して、諭したつもりだった。「華やかな一面ばかりではない」と、十喜子なりにメッセージを込めたのだが、謙太は翌日にはぷいっといなくなった。連絡すると自宅に戻っていたから、てっきり諦めたものだとばかり思っていた。が、カズちゃんの口ぶりでは、考えを改めた訳でもなさそうだ。

「息子さんとは、あれから話できたん？」

無言のまま、カズちゃんは首を振った。

――子供て幾つになっても、親を安心させてくれへんのやなぁ。嵐もいずれ、そないなるんやろか……。

颯がそうだったように。

暗い表情のカズちゃんに、辰巳が諭すように言った。

「ワタイは、ちょっとだけ謙太の気持ちが分かりまんのや。ワタイも大店の跡取り息子やとゆわれて、子供の頃から跡を継ぐのを期待されて、自分で何か決める前にレールが敷かれてる。なんべん、家を出たろかと思ったことやら……」

「え？　大番頭はんでも、そうなん？」

カズちゃんが大きな目を瞬いた。

「そうだす。ワタイにかて夢はあったんです。柔道を習てたさかい、学校の先生になって、柔道部の顧問になりたいてゆう……」

辰巳の事だから、さぞかし暑苦しい、いや熱血教師になったことだろう。

「私らの時代は、長男が跡を継ぐのが普通で、もうそういうもんやと諦めるほかなかった。

今みたいに、色んな生き方がある訳やなかったさかいな」

携帯電話やスマホもない時代だ。別の生き方をしたくとも、情報を集める術もなかったし、親や周りの大人の意見を参考にするほか、生きてゆく手だてがなかったのだ。

「あの子には、不自由な思いさせた事ないんよ。せやのに、何でカズエの言うこと聞かへんのんなぁ？　なあて……」

「これは謙太に限らずやけど、最初っから恵まれとったら、不自由な状態が分からへんのと違うか？　和枝ちゃん、あんさん、何でも先に先にと与えてきたやろ？」

不服そうに頬を膨らませたカズちゃんに、辰巳は続けた。

「失くしてから分かる事てありまっせ」

「家から出せてゆうん？」

「さっき、跡取りの立場が苦やと言うたけど、そんなワタイかて、跡を継ぐ前には家を出されました。他所で武者修行して来いと。新卒で入社した会社で、十年以上働きました。その会社で色んな経験を積ましてもろた事が、後になって役に立ったんです」

「辰巳さんとうちの謙太は違う……。あの子は堪え性がないんや。勉強でも何でも……」

思わず口を挟んでいた。

「ええとこもあるわよ。小さい子の面倒をよう見てくれるとか、お年寄りに優しいとか」

最初は人見知りしていた嵐もすぐに謙太に懐いたし、「キッチン住吉」のデリバリーでも、訪問先の高齢者から可愛がられている。

「せやから言うて、プロレスラーになるとか言い出すのん、飛躍しすぎやろ？」

辰巳が、はたと目を丸くした。

「プロレスラーに？　何ですのん、それ……」

「謙太の奴、颯くんの奥さん見て、何か変なスイッチが入ってしもたんや。ほんま、腹立つわぁ……」

カズちゃんが十喜子を睨む。

「こないだの披露宴で、菜美絵さんが派手に立ち回りしたでしょ？　それで急にプロレスをやりたいて言い出してるんです」と、代わりに十喜子が説明した。

「謙太だけやないねん」

何か思い出したのだろう。カズちゃんは腹立たしげに、手元にあった雑誌を二つに引き裂き始めた。

「謙一くんまで動画サイトで、女子プロの試合とか見てるんよ。女同士で取っ組み合いしたり、言い合いしたり、頭から血ぃ流してぎゃーぎゃー喚いてるシーンを、何べんも再生してるねん。嬉しそうに……」

息子だけでなく、夫までもが女子プロレスに傾倒していて、それがカズちゃんは気に食わない様子だ。結婚して、もう三十年以上になるのに、まだ夫に対してやきもちを焼けるのかと、逆に感心していた。

「それやっ！」

黙って話を聞いていた辰巳が急に大声を出したから、十喜子は飲んでいたお茶をこぼしそうになる。

「ええこと思いついた！」

「どないしたんですか？　辰巳さん」

だが、不敵な笑みを浮かべたまま、辰巳は席を立った。

「悪いけど、ワタイはこれでお暇しまっさ」

三

その数日後——。

「おばーたん。じーじーかいて」

帰宅すると、嵐が画用紙を手に近付いてきた。

「へぇ、お絵描きしたん？　上手やなぁ」

最近の嵐は、自分が描いた絵の横に文字を書いて欲しいとねだるようになった。

「えーと、何やろ？　これはみかんか？」

丸い物体が黄色く塗られていた。

「みたんたう！」

「ほんなら、リンゴやな」

「たう！」

「えー、何やろ？」

「なち」

「は？」

「なーちー！」

テーブルでスマホを弄っていた颯が、顔を上げた。

「梨とちゃうんけ？」

「あぁ、はい、はい。梨な。な……し……」

絵の横に「なし」と書いてやると、「なち、なち」とご機嫌になった。

「こっちは分かる。バナナやな」

「まなな」

細長い物体が幾つも連なった絵に、「バナナ」と書いてやる。

「えらい荷物が多かったで。いつも、こんなんか？」

部屋の隅に、マザーズバッグと紙バッグが無造作に置かれていた。

「あんた、洗濯もんぐらい仕分けといてや。長いこと入れっぱなしやと、臭いが移るねん」

「俺は、迎えに行ってくれとしか頼まれてへん」

「頼まれたことしかやらへんのか？　そんなんで、よう菜美絵さんの付き人が務まるな」

バッグを広げ、汚れ物を出してゆく。

保育所では昼ご飯の後と、昼寝の前後に着替えさせる。子供は外遊びで汚したり、粗相もする。おまけに嵐はまだオムツが外れておらず、水分を吸収した紙オムツも荷物に加わるのだから、帰りの荷物はいつもずっしりと重い。

「週末はシーツの洗濯もあるから、もっと荷物が多いで」

「ふうん、やたらと重たいもん、持たされたで。何やこれ？」

紙バッグの中から、新聞で包(くる)んだものを取り出した。

中から出てきたのは大きな板皿だった。

一辺が三十センチはある正方形の皿には、筆でえぐったような力強い線で絵付けがされていた。見ようによっては木や馬に見えるが、具体的に何かを描いた訳でもなさそうな、不思議な絵だった。

「そない言うたら……」

以前、お迎えに行った時、教室の隅に粘土板が並べられていたのを思い出した。という事は、子供に絵付けをさせたのだろう。

「じぶんでかいたー」

「嵐。これ、あんたが描いたん？」

得意げに胸を張り「じぶんでかいたー」と繰り返す。

「へぇ、かっこええなぁ。早速、今日はこのお皿を使おか」

今夜はうどんすきの予定だ。

「美々卯の宅配セット、頼んだんよ」

「おかん、奢ったなぁ」

十喜子の実家は堺市にあり、法事や新年会と言えば美々卯堺店でうどんすきが定番だった。重箱には生きたままの海老が入れられ、暴れないようにしっかりとトングで挟み、煮立った鍋に沈めて茹でるのは、いつも父の役目だった。

美々卯は半生麵も販売しているが、宅配セットに入っているのは冷凍うどんだ。

箱詰めされた鶏肉や海老、穴子の他にひろうす、生麩、野菜類を、嵐が絵付けした板皿に移していると、颯が冷蔵庫を開いた。

「豆腐ないん？　豆腐入れよや」

「あんまり色々入れたら、味が濁るわよ。ひろうすがあるやないの」

ひろうすというのは、豆腐を水切りして潰し、小さく刻んだ野菜を混ぜ込んで丸め、油で揚げた所謂、がんもどきだ。

「ええやんけ、俺は豆腐が食べたいし、うどんすきなんか何入れても美味いんじゃ」

商店街の老舗豆腐店で買ってきた木綿豆腐を、冷蔵庫から見つけ出してくる。そして、アルミパックに入った出汁を、鍋にあけた。

うどんすきには、専用の鍋を使う。

底が浅く、鍋の外側に平たい縁がある鍋だ。この外側にせり出した平たい縁に、うどんを滑らせて簡単に取り分けられるようにしてあるのだ。

「さぁ、食べよ、食べよ」

颯が次々と具材を鍋に入れてゆく。

「そんないっぺんに入れたら、値打ちがないでしょ。こういうのは、少しずつゆっくり味わって……」

瞬く間に具材はなくなり、新たに白菜と大根を切って入れる。ついでに、冷凍庫にあった豚肉の薄切りも電子レンジで解凍する。

「出汁がええから、何を入れても美味しいわね」

もはや、材料を吟味した料理屋の味ではなく、家庭で作る寄せ鍋になっていた。だが、颯は涼しい顔だ。

「せやで。鍋は淡泊な具も、癖のあるもんも、何でも受け止めてくれる。皆で一緒に温泉に入ったら、仲良うなれるんと同じや」

今の商店街の店主達にこそ、そういう機会が必要な気がした。

「あんた、たまにはええ事ゆうわね」

「さぁ、ラスボスうどん様の登場や」

最後は締めのうどんで、お腹を満足させた。

卓上を片付け、鍋や取り皿を洗い、最後に板皿を手に取る。

先ほどは気付かなかったが、しっとりと濡れた皿の、その肌が思いのほか美しいのに驚かされる。

「このお皿、菜美絵さんに見せたげんとあかんわね」

「そない言うたら、菜美絵が何か変なことゆうてきたぞ」

十喜子の留守中に電話があったらしい。

「急にこっちで試合する事になって、その打ち合わせがどうとか……」

「何で変なん？　大阪府立体育館には何べんも来てるやない」

「いや、今の時期に大阪で興行の予定はないし、菜美絵自身が打ち合わせするのも有り得へん。会社にはちゃんと、営業とか宣伝とかの渉外担当がおるんや。あいつの説明、いつも大雑把やから……」

とりあえず、今日の夜、遅くに大阪に来るらしい。

そして、日付が変わる前に、菜美絵は岸本家に到着した。

「え、お義母さん、何も聞いてないんすか？」

「お腹が空いた」と言う菜美絵に、たこ焼きの天ぷらを出してやると、五人前ほど平らげた挙句、「途中で買ってきた」と、コンビニの袋からカップうどんを取り出した。

「商店街の理事長から自分宛てに、直々に電話があったっす。そこの商店街にリングを設営して、試合をやってもらいたいって」

「え、理事長って、辰巳さん？」

「そうっす。あのいつも法被を着ているお爺さんっす」

「何で、いきなり……」

確かに以前、辰巳は「プロレスでイベントをやりたい」と言っていた。商店街がスポンサーとなり、商店街の中や近くの施設にリングを設営して試合をしたり、子供相手にプロレス教室を開催したいと。

ただ、辰巳は「一日だけのお祭りで終わってしまう」と、イベント全般の開催には懐疑的だった。これまで有名人や芸人を呼ぶなどといった集客イベントは、一切行っていない。だから本気で言ってるとも思わず、聞き流していたのだ。

菜美絵を応援してくれるのも、彼女が颯の妻で、いずれは夫婦揃って十喜子のもとに来てくれるという希望があるからだ。

だが、何故、今のこのタイミングでプロレスなのだろう――。

「菜美絵さんには失礼やけど、商店街でプロレスって……。そんなんで、人が集まるんかしら」

「知らないんすか？　他にやってるとこあるっすよ」

有名なところだと、大日本プロレスが横浜市の商店街総連合会と組んで、年に一回、商店街プロレスを開催しているそうだ。

「……それより、ちょっと見て。このお皿の絵、誰が描いたと思う？」

夕飯時にうどんすきの具を載せた後、綺麗に洗っておいた板皿を取り出す。

暫く皿を眺めた後「もしかして、嵐っすか？」と、菜美絵が呟いた。

「そうよ。保育所で作ってもろてね……。新しいお店で使いたいと思ったけど、幾ら何でも重た過ぎるし、お店で使うだけの数を作ろうと思ったら、採算が合わへん。菜美絵さん、記念に持っといたら？」

菜美絵は皿を引き寄せ、その表面を撫でた。

「……いつの間にか、こんな事が、できるようになったんすね……」

ほんの少し前には、丸に線を繋げたような、人とも記号とも見分けがつかぬ物を描いていたのだ。

「ほんま。子供の成長て、あっという間」

十喜子の言葉に、菜美絵がはっとしたように顔を上げ、そして再び俯いた。

とうしない。

十喜子はお湯を沸かし、カップうどんに注いでやった。だが、菜美絵は箸を手に取ろうとしない。

「どないしたん？」

だが、菜美絵は黙り込んでしまった。

「申し訳ないっす。お義母さんに甘えっぱなしで」

ようやく口を開いたものの、その表情は硬い。

「そんなん、ええわよ。私は孫の成長を見れて、幸せなんやから」

菜美絵は箸を手に取り、うどんを手繰り寄せた。

「なるべく早く嵐を引き取ります。だから、自分達に気兼ねなく、お義母さんは話を進めて下さい」

「話？　話て何？」

だが、勢いよくうどんをすする音で、十喜子の声はかき消された。

四

その日は、香織が訪ねてきてくれた。

概ね出来上がった内装を見て「いい店ですね」と、何度も頷いている。彼女には一度「ここで商売をしないか」と持ちかけており、元の状態を知っているから、余計に感じ入るものがあるのだろう。

「誰も、元が昭和時代の喫茶店やと思わへんでしょ？」

「ジェイジェイ」だった頃は、ショーウインドーを兼ねたガラス窓にプリンやコーヒーフロート、パフェなどの食品サンプルが並べられていたのだが、改装を行う中で出入り口に桟が細かく入った木格子を設け、その脇にテイクアウト用の小窓を作ってもらった。小窓の奥にたこ焼き鍋が置かれ、その周辺が厨房とレジ周りを兼ねている。

「カウンターとカップボードは、そのままお使いになるんですね」

いずれも昭和の匂いを残した、今となっては懐かしい設えだ。

「取り替える予算もないし、傷とか煙草の焼け焦げとか、ええ味出してるから……」

「カップボードには、蛸の人形や置き物を飾ると可愛いですよね」

一緒に工事の進み具合を見ていた「ひまわり」のママも、「うん、うん」と頷いている。

「最初は煙草のヤニと埃でコテコテやったけど、洗剤で洗たら新品みたいに綺麗になったわ」

店が休みの日に、十喜子を手伝って一緒に作業してくれたのだった。

ママは「人が見てんと、職人が手を抜きよるから」と、十喜子が現場に行けない時には、辰巳や他の理事と交代で工事を監視してくれてもいた。

「あ、忘れないうちに」

香織がバッグに手を入れた。出て来たのは、牡丹色の袱紗だった。

「これ、ほんの少しですけど……」

袱紗から花結びのご祝儀袋を取り出すから慌てた。

「いやぁ、そんな気ぃ遣わんといて」

「何か必要な備品か調理器具を贈ろうかと考えていたんですけど、こんな間際になってしまったので、お金でお祝いさせて下さい」

「助かります。ほんなら、お言葉に甘えて……」

受け取った祝儀袋を胸に抱くようにし、頭を下げる。

「私にお手伝いできる事があったら、遠慮なく仰って下さいね。オープンしたら、嵐くんは何方かにお預けになるんですか？」

「晩御飯にたこ焼きを食べる人はおらんさかい、店は早めに閉めます。これまで通り、嵐は昼間は保育所の世話になって、夕方には迎えに行きます」

「そら、勿体ないわ」

職人の作業を見ていたママが振り返った。

「夜はお酒を飲んでもらえるから、儲けが出しやすいんやで。たこ焼きでビールを飲みたい人とか、居酒屋でさんざん飲み食いした後、たこ焼きで締めよかという人もおるし」

力なく笑っていた。

——締めにたこ焼きて……。私、何時まで営業せんとあかんのですか？　それでも、あんまり長い時間は営業できません」

「御近所の方も、順番に嵐の面倒を見たるてゆうてくれたんです。それでも、あんまり長い時間は営業できません」

「十喜子ちゃんが一日中、べったりと店に入るんが無理やったら、時間帯によって店長を変えるんも方法やで」

「え、どういう事ですか？」

思いがけない言葉に、ママに問いかけていた。

「大番頭はんが言うてた。あの人、商店街の空いた店舗に、人を入れる為に動いてるやろ？　最近、増えてるんが、複数のオーナーが一つの店を持って、時間帯によって売るもんを変えたいてゆう要望らしいわ」

たとえば、昼はお菓子を売る店が、夜はバーに変身し、間に雑貨店のオーナーが顔を出して商品を売ったりと、十喜子には想像もできないような業態だった。

「日替わり店長とかは聞いた事ありますけど、一日のうちで、ころころ店長が変わるんですね……」

各店長は空き時間にバイトをしたり、趣味を楽しんだりと、十喜子の世代には考えられないような働き方をしていた。

「身軽な働き方で、いいですね」

感心したように、香織が言う。

「ほんまや。私ら昭和の人間は、朝から晩まであくせく働くだけが取り柄で、仕事辞めたら何にもなしや」

自嘲気味に、ママは肩をすくめた。

「大番頭はんやないけど『今は令和の時代や。ワタイらも意識を変えんとあきまへんなぁ』やわ」

ママが辰巳の声色を真似たから、香織と顔を見合わせて笑った。

そして、笑いながらも、辰巳が以前、言っていた言葉を思い出していた。

――古いもんを守りたいとゆうたら聞こえはええけど、要は変わりたないいんでっしゃろ。今は昭和とちゃう。令和の時代でっせ。自分の代さえ良かったらええと考えるのは、単なる怠慢や。

今でも楔のように、辰巳の言葉が胸に刺さったままだ。

「どうしたんですか?　十喜子さん。ぼんやりして」

声をかけられていたのに、気付かずにいたらしい。

「え……、あぁ、ごめん。ちょっと疲れてるみたい」

「ずっと働きづめの上、お孫さんの面倒も見て……。疲れますよね。新しいお店がうまく行くように、私も協力します」

「もう十分、協力してもろてるわよ。そうそう、香織さんが紹介してくれた例の西大橋の店長が、よう相談に乗ってくれるんよ。実はな……」

古い知人だと言うと、香織は驚いたようだ。

「そうですか……、諸口さんとお知り合いだったんですか……」

「世間って狭いわねぇ。ちょうど、亡くなった主人と付き合うてる頃、友達が紹介してくれた人やねん。あんなええ加減な男やのうて、ちゃんとした人と付き合えて……。諸口さんも、ええ迷惑やったやろね」

笑い話のつもりが、香織はぽかんと口を開けたまま、固まっている。

「どないしたん?」

「前から思っていたんですけど、十喜子さん、再婚とか考えていらっしゃらないんですか?」

出し抜けに何を言い出すのかと香織の顔を見た。冗談を言ってる訳ではなさそうだ。

――何? いきなり。

香織らしくないと思った。

「いやあ、私より香織さんが先でしょう」

三十代に見えない、若々しい香織を眩(まぶ)しく見つめる。

「佑人くんの気持ちも大事やけど、もうひと花咲かそや。子供が好きで、優しい人……。

あ、諸口さんはどう？　ちょっと年がいきすぎてるか？」

戸惑ったように、香織は曖昧な笑みを見せた。

どさくさに紛れて、この話を終わらせようとしたのに、すかさずママが食いついてきた。

「十喜子ちゃん。新しい店をオープンするついでに、旦那も新調したらどうなん？　もう四年も経つんやから、進も許してくれるやろ」

「今さら、誰かと暮らす気はないです」

あまりにきっぱりとした物言いに、「十喜子ちゃん、そんな寂しい事……」と、ママが口を尖らせる。

「進にはさんざん苦労させられたんやから、これからは……」

「ママ」と、十喜子は遮っていた。

「もう、男の人はこりごり。進くんでお腹一杯になりました。それが私のほんまの気持ちです」

少し大袈裟に言っておく。

うっかり、「考えん事もないんやけど……」とでも言おうものなら、すぐにママから辰巳に話が行き、そうなると辰巳がお節介を焼き始めるのが目に見えている。

生前、進はさんざん辰巳に迷惑をかけていた。紹介してもらった会社を半月で辞めてしまったり、十喜子との結婚話を進める為に「食品日用雑貨のタツミ」二号店で雇ってもらったのに、資格を取った途端に「自分で店をやる」と、そこも辞めてしまった。

　本当なら見放されても当然なのに、辰巳は最期まで進を気にかけ、十喜子を気遣ってくれた。

　人の世話を焼くのが生きがいの辰巳が、これまで十喜子に再婚相手を紹介すると言い出さなかったのは、彼なりに十喜子の気持ちを慮ってくれていたのと、やはり進の代わりなどいないという思いがあったのだ。

　女好きで、いい加減。平気で不義理をするのに、何処か憎めない。そんな進を、商店街の人々が「進ちゃん」と愛したように、辰巳もまた——。

「せやけど、十喜子ちゃんかて、そう若ないんやし、いざという時に一緒に住んでる人がおった方が安心やよ。近くに親戚もおらへんでしょ？　ルミ子さんは山に籠ってしもてるし」

「ご心配なく。妹がおりますから」

　とは言え、結婚した後は夫の転勤で遠くに行ってしまい、母が亡くなってからはすっかり行き来がなくなった。

「それに再婚したかて、どうせ旦那は先に死ぬし……。子供も家を出てて、自分らの生活があるんやから、どっちにしてもアテにできません。いざと言う時は、ママが私の骨を拾て下さいね」

「アホ言いな。私の方が先に逝くわ」

からりと笑って、その話はおしまいにした。

「それよりママ、商店街プロレスの話、辰巳さんから聞いてます？」

「あぁ、何か言うとったなぁ。有志を募って実行委員会を起ち上げるやら何やら。私らは嚙まんでもええみたい。まぁ、男連中が張り切って、手ぇ挙げそうやから、任せといたらええんちゃう」

五

一月も半ばを過ぎてからは、休む間もない忙しさとなっていた。

上手く進んでいるように見えたが、内装工事でトラブルが発生した。

購入した厨房用機器が、あらかじめ予定していた場所に納まらない。指定していたのとは、全く違う壁紙が貼られていた。

電器の配線の問題。

その都度、十喜子が現場に足を運び、解決に頭を捻ったり、工務店にクレームを入れるなどする。

自宅の方には「二月八日より新店舗で営業します」と貼り紙をし、一月いっぱいで旧店舗は暫くの間、休業すると告知してある。

有難い事に、颯に加えて菜美絵も一ケ月の休みを取っていて、オープン前後の多忙な時期を手伝ってもらえる事になった。

颯はたこ焼きの仕込みから、焼くところまで出来るから、当面は十喜子が別メニューの調理とサービスに専念する事にした。菜美絵も皿ぐらいは洗うと言ってくれている。何より、彼女がいる事で店は華やぐはずだ。

二人が外れた後をどうするかが問題だったが、その頃には客足も落ち着き、十喜子も新しい店に慣れているだろう。いざとなれば、佳代か香織に手伝ってもらえばいい。

食器に関してはアラレが、店で使う食器を安く提供してもらえるよう、若い陶芸家に呼びかけると提案してくれた。代わりに、店舗の一角に彼らの作品を展示して販売を仲介したり、個展などを開催する時には店内に案内を掲示すれば、喜んで協力してくれるだろうと言う。

アラレはあらかじめ、使いやすそうな作品をピックアップしてくれていた。その中から、十喜子が気に入ったものを選び、作者に連絡を取り付けてもらった。

——たこ焼きとギャラリーのコラボ。ええかもしれへんね。

うんと割り切るなら、昼間はたこ焼き屋として営業し、夜は居酒屋にして、陶芸家達が作った器でもてなす店も面白いかもしれない。その際には、夜の部の店長を探す必要があるが、それは先の楽しみとして取っておこう。

当面の問題は、動線やオペレーションの確認だ。

レセプションはオープンの三日前、金曜日とした。呼ぶのは住吉鳥居前商店街協同組合の理事や、お世話になった人達で、既に招待状は手渡してある。伊勢川を除いて――。

「あれ？」

その日の朝、表に出ると発泡スチロールのトロ箱が玄関に置かれていた。開くと、氷に埋もれた蒸し蛸が入っていた。いずれも吸盤の大きさが揃った、姿の綺麗な蛸で、指で押すと弾力が感じられる。

請求書が同封されており、発行者名の欄に伊勢川の名が書かれている。

「これ、伊勢川さんが持ってきたん？」

十喜子より一足早く起き、出かける準備をしていた颯なら何か知っているかと思ったが、

「は？　知らんで。おかんが注文したんとちゃうんけ？」と返ってきた。

伊勢川は険悪になって以来、蛸を卸してくれなくなっていた。同じ商店街の別の店で買うと角が立ちそうだったから、十喜子は海鮮に強いスーパーを見つけ、わざわざそちらまで足を運んで買っていた。

伊勢川の携帯に電話してみたが、配達中なのか留守電に繋がった。

——よう分からんけど、急に気ぃ変わったん？　気色悪いわぁ。

首を傾げながら包丁を手に取り、蛸を切り分ける。

ふと、毒でも入ってないかと気になり、恐る恐る欠片を口に入れてみたが、普通に美味しい蛸の味がした。

「いぃーやーやぁー！　いぃーやーやぁー！」

笑い声と泣き声が混じったような声に振り返ると、菜美絵が自分の肩の上に嵐を仰向けに乗せ、顎と腿を摑んでいた。見ていると、その場でくるくると回り始めた。

家の中に「いーやーやー！」と、「おっかぁ、ぐるぐるー」と叫び声が響き渡る。

「無茶せんといてよ」とだけ声をかけ、作業に戻る。その瞬間、はたと閃いた。

「商店街プロレスや！」

「ぐるぐるーぐるぐるー」

思わず出た大声は、嵐のはしゃぎ声に打ち消された。

「ごめん、颯。ちょっと出かけてくるから、仕込み頼むわ」

「何やて？　俺ら、これから出かけるっちゅうねん！」

颯の文句を聞きながら、十喜子は家を出た。

二月一日、今日は初辰まいりの日で、商店街もいつも以上の人出になる。普段は昼前にならないと開店しない店も、今朝は早くからシャッターを開けている。

毎月初めの辰の日に住吉大社で行われる例祭・初辰まいりは、商売繁盛や家内安全などの御利益があり、四十八月お参りすると、四十八辰（始終発達）となって諸願成就するとされていた。

住吉鳥居前商店街では、近畿（きんき）一円から訪れる参拝客を当て込んで、この日に「初辰市」と名付けて、スタンプラリーや抽選会などの催しを開催しているのだった。

先日の一月の「初辰市」の時には、工事中の十喜子の店で足を止めては、「ここ、何の店になりますのん？」と尋ねてくる参拝客もいた。

「そうだっか、ついに伊勢川が折れよったか……」

隣町の喫茶店「ローレル」のテーブルで、辰巳は本日のコーヒー・ブルーマウンテンをすすりながら、「いひひ」と気持ちの悪い声で笑った。

「伊勢川の事で話がある」と電話すると、辰巳はすぐにここまで駆け付けてきた。問い詰めると、やはり十喜子が想像した通り、商店街プロレスを企画して、仲直りさせようと考えていた。

プロレスファンの伊勢川は、菜美絵が大阪に巡業に来る度、会場に足を運んでくれている。もし、商店街で菜美絵が試合をするのであれば、伊勢川自身が取り仕切りたいはずだ。実行委員会を起ち上げると聞けば、居ても立ってもいられないだろう。

一方、謙一も「女子プロレスの動画ばっかり見てる」とカズちゃんがボヤくぐらい、の

め り込んでいるのだ。

つまり、商店街のイベントに彼らの共通の趣味を担ぎ上げて、二人を関わらせるつもりなのだ。

――やるなぁ……、辰巳さん。

だが、すぐに解決とはいかなかった。

「確かに材料は卸してくれました。せやのに伊勢川さん、相変わらず私とは、まともに口を利いてくれません」

ここに来る前に伊勢川を訪ねたのだが、今後の仕入れについては何の説明もなく、今朝、配達された分の金額だけ請求された。

「『今回は余分に買うてしもたからや』って言うだけで……。そんな気まぐれで配達されても困ります」

辰巳は怒るのを通り越して、呆れている。

「ほんま、子供みたいや。お十喜さんにとったら災難やったけど、貰い事故やと思わなしゃあないな」

だいたい、今回の件も発端は男同士の意地の張り合いで、こちらには何ら非はない。

「レセプションの招待状も、何とか渡せました。すぐに店の奥に放り投げられましたけど」

「とりあえず、突っ返されへんかったんやな？」

「はぁ、一応……」

「ほんなら、当日は『来てやった』みたいな態度で顔を出しまっしゃろ。心配おまへん」

辰巳は満足げに頷いた。

「まぁ、確かに可愛げないけど、今回は向こうから歩み寄ってきた。これで一歩前進や。お十喜さん、こっからが正念場でっせ。商店街プロレスで商店街を盛り上げて、同時に理事同士を仲直りさせる。一石二鳥だす」

「そんなに上手いこと、行くやろか……」

「その為には、ストーミーはんにひと肌脱いでもらわんとあきまへん。ストーミーはんも新店のレセプションには参加しはるんやろ？　さっき、駅前で親子水入らずのとこを見ましたけど、まさか東京に帰ったんとちゃうやろな」

「違います。ＵＳＪに行ったんです」

その為に、颯が数日前にスタジオ・パスを取っていた。

「せやけど、幾ら何でも、大の男が菜美絵さんに言われたぐらいで、素直に仲直りしますやろか？」

「何も言わんでよろしい。ストーミーはんには、いつも通りに振る舞ってもろたらええんです」

六

「とっこはん、チーズ焼き頼んます」

「はーい」

「天ぷら追加やー！」

「はい、はーい。お待ち下さーい」

レセプションとは言うものの、本番の予行演習だから、あらかじめ作り置きはしていない。なので、招待状には「なにぶん不慣れなもので、お待たせするかと思います」と書いておいた。

店内には辰巳をはじめ、昆布屋、八百屋、小久保製粉所の謙一といった組合の理事達が勢揃いした。カズちゃんに謙太、「ひまわり」のママもいる。

「掘りごたつは、年寄りには有難いでんなぁ」

高齢の理事達は、奥の小上りのテーブル席に通し、比較的若い年代の招待客はカウンターに座ってもらった。

新しいたこ焼き器の具合が心配だったが、颯は難なく焼いて行く。

鉄鋳物に比べて値段は張るが、ここはケチらずに使い慣れた銅板を誂(あつら)えた。昨日のうちに、ラードを塗って焼入れを済ませてある。

「颯くん、様になってるわよぉ」

頭にタオルを巻いてたこ焼き器の前に陣取る颯を、ママが労う。そのママの膝に嵐がいて、「いーやー！　いーやー！」と泣くから、謙一があやしている。

「なんぼでも焼くから、どんどん注文してや」と余裕の颯に対して、十喜子は天ぷらを揚げたり、つゆを温めたり、出来上がったたこ焼きにチーズを載せたり、飲み物を用意したりと忙しく、まともに応対できない。

皿洗いを担当していた菜美絵が見兼ねてか、途中でサービス係を買って出てくれた。

菜美絵がフロアに姿を現すと、皆、大喜びだ。

「ストーミーはん、今日はテーブルを飛び越しまへんのか？」

「こないだの、カッコ良かったでぇ。すたーんとジャンプして……」

客が好き勝手を言うのに「うるせぇよ」とか、「仕事の邪魔すんなよ」などと毒づきながら、奥のテーブル席から空いたグラスや皿を下げてくる。

キリがついたところで、颯にウーロン茶を渡す。

「ご苦労さん。代わろか？」

だが、颯はウーロン茶を受けとろうとせず、陰険な目を向けてきた。

「何で、あのおっさんが来とんねん」

奥の掘りごたつのスペースに目をやる。

「また……。おっさんて何やのん」

颯の視線の先には、圭介の背中があった。

彼は商店街の関係者ではないが、レセプションを提案してくれたし、今後も相談に乗ってもらうつもりでいたから招待していた。顔見知りがいないので、今日は辰巳の隣席を用意した。

如才ない辰巳の事だ。上手く相手をしてくれているのか、話が弾んでいる。

「一応、辰巳さんには断ってあるわよ。西大橋でたこ焼きの店をやってる人で、古い友達やてゆうたら、是非、話がしたいて……」

「要は部外者やないか。気分悪いわ」

「颯、あんた、妙につっかかるね」

「おかん」

颯は声を潜(ひそ)めた。

「まさか、あのおっさんと再婚とか、夢見てへんやろなぁ」

意外な言葉に驚く。

だが、動揺しながらも、妙に冷静な自分がいた。

「再婚なぁ……。ご縁があったら、考えてもええかな」

他人事(ひとごと)のように、十喜子は呟いていた。

颯は汚らしいものでも見るような目をした。

「何やのん？　お母さん、何か変なことゆうた？」

「女て冷たいな。親父(おやじ)が死んで、まだ四年やぞ」

「まだ四年って……。四年ゆうたら、結構な年月やで」

それに、颯は父親の進を嫌悪していた。それが何故、今になって庇(かば)いだてするのだろうか。

「俺は認めへんからな」

「十年間、好き勝手してきた人が何を偉そうに言うてるのん？　こっちこそ気分悪いわ」

颯との会話を打ち切りたかったから、飲み物のお替わりの注文を取る為にカウンターの外へと出る。

奥のテーブル席から、圭介の声が聞こえてきた。

「……一緒になって二年ぐらいだったでしょうか。別れ話を切り出されたのは……」

ぎょっとして、その場で立ち竦(すく)んでしまった。

周囲の音が遠のき、圭介の声だけが耳に入り込んでくる。

「どうも、向こうの親族に僕はよく思われてなかったらしくて……。特に明治生まれのお祖母(ばあ)さんが、当時は実権を握っていて」

どういう事なのだろう。確か、圭介は結婚する為に転勤のない会社に移り、婿(むこ)入りしていたと聞いている。

「でも、今となっては、それで良かったと思ってます。両親は僕をアテにしてますし。……そんな訳で、大阪に新しく店を出す気はなく……」

「おかーん。そんなとこでぼやっとしてんと、空いたグラス戻してきてや！」

颯がカウンター越しに叫んだ。

辰巳が十喜子に気付き、懇願するような口調で言った。

「お十喜さん、何とか言うてや。この人に……。『オーケードラッグ』の後に出店してくれて、頼んでるとこやねん」

圭介と目が合い、決まりが悪くなる。聞こえてきた事実は重かった。

「また！　辰巳さんはもう……」

盗み聞きした後ろめたさを隠すように、わざと明るい声を出す。

「御両親がおるゆうたかて、島根はすぐそこだっせ。大阪から日帰りで行けます。それに、今すぐ帰らんとあかん訳やなし」

——そうか。諸口さん、島根県の出身やったなぁ。

当時の十喜子は、島根県といえば出雲（いずも）大社（たいしゃ）しか知らなかった。その名所は「自分の家とは反対側にある」とか、「名物のぼてぼて茶は食べた事がない」とか、圭介と交わした会話が一つずつ蘇（よみがえ）ってきた。

「なぁ、お十喜さん。友達でっしゃろ？　ここを一緒に盛り上げてゆこて頼んでや」

「諸口さんを困らしたら、あきませんよ」

後は笑って誤魔化し、空いたグラスや皿と共に引き上げた。

そのついでに、ちらりとカウンター席を見た。

真ん中に一つ、空いたままの席がある。

――やっぱり来てくれへんのかしら……。

カウンターの奥からカズちゃん、謙太、謙一と座り、一つおいてママ、八百屋が占めている。

ようやく注文された品が行き渡った頃、何度も表の戸を見やる十喜子に、菜美絵が気付いた。

「そこ、誰か来るんすか」

「……実は、伊勢川さんを呼んでるんやけど。商店街で色々あってね……」

小声で事情を説明する。

「やっぱり、来づらいわよね」

「分かったっす。自分が行って呼んできます」

言うが早いか、菜美絵は店を出て行った。

だが、ここから歩いて三分とかからない伊勢川の店舗から、菜美絵はなかなか戻ってこない。

――大丈夫なんかしら……。

心配する十喜子をよそに、最初の皿を食べつくした招待客から、新たな注文が入る。

「はーい。ビール、今すぐー」

手間を省く為に生ビールやサワー類は扱わず、瓶ビールのみとしていたが、これがよく出た。

――腐るもんやないし、ビールは多目に発注かけとこか。

忙しく立ち働くうちに、菜美絵と伊勢川の事を忘れていた。

そして、三十分以上も経った頃、表が騒がしいのに気付く。

「分かったか！　いつまでもぐだぐだと言ってんじゃねーよ！」

菜美絵の声に混じって、「寒い！」、「ああー、痛い！」、「許してー！」と甲高い声がする。

がらりと引き戸が開いた。

誰もが言葉を失った。

菜美絵はパンツ一枚にされた男を、肩の上に仰向けに乗せていた。

「うおっ！　アルゼンチンバックブリーカーやっ！」

「あれ？　魚屋のおっちゃん？」

八百屋と謙太の声に、奥の席から年寄り連中も顔を覗かせる。

服を脱がされた状態でかつがれた伊勢川は、今にも背骨を折られそうな体勢で、顎と腿を菜美絵に掴まれている。

「伊勢やんだけずるいっ！　前橋様！　僕にもその技かけて下さい！」

懇願するように叫ぶ八百屋の頭を、ママが叩いた。

「お前はアホかっ！」

暫し表に佇んでいた菜美絵は、狭い通路を通れるように伊勢川を俵抱きにすると、体勢を低くして玄関を潜った。

「ほれ、ストーミーはん。そこでパンツ脱がして、ペンペンとやりまへんのか？　お尻ペンペーンと」

辰巳がちょっかいを出すと、八百屋が復唱した。

「お尻、ペンペーン！」

酔っ払い達が調子に乗って一緒に「ぺんぺーん！」、「ぺんぺーん！」と騒ぎ出す。

「うるせえっ！　静かにしろ！」

一喝すると、菜美絵はカウンターの空席に伊勢川をすとんと下ろした。

寒さのせいか、伊勢川の顔は真っ白で、鼻水まで垂らしている。何が起こったのか分からないのだろう。震えながら辺りを見回す。

隣に座った謙一が「ぷっ」と噴き出した。

「その恰好(かっこう)で、町内一周してきたんか？」

それをきっかけに、笑いが伝播(でんぱ)し、やがて店中が笑いに包まれた。

「わ、わ、笑うなやっ！」

伊勢川が金切り声を出したが、笑いは止まるどころか、ますます激しさを増す。

「偉い目に遭(お)うたな」

笑いながら、謙一が椅子にかけた自分のジャンパーを、伊勢川の肩にかけてやった。

「よ、余計な事すんな！」

強がったものの、身体が凍えているのか、上手く払えない。

「良かったやない。菜美絵さんに遊んでもらえたみたいで」

ママが伊勢川の口元に、たこ焼きの天ぷらを差し出す。

「い、いらん……」と言う唇は紫色で、かちかちと歯が鳴っている。

奥の座敷では、男達が菜美絵にねだって順に技をかけてもらっていて、年寄り連中が苦笑しながら、移動してきた。

その中に圭介はいないから、奥で皆と一緒にプロレスを楽しんでいるのだろう。

「皆さーん。今日は差し入れを頂いてるんです。八百屋さんには白菜と人参、小久保さんからはうどん……。お隣の豆腐屋さんは、木綿豆腐と薄揚げを届けてくれました。で、今思いついたんやけど、締めにうどんすきとか如何ですか？」

　歓声が沸き起こった。

「よし！　俺は肉を買うてくる！」

　謙太が勢い良く店を飛び出して行った。

　十喜子は棚から、箱詰めの田苑ゴールドを取り出した。ご祝儀に貰ったものだが、この店のメニューに焼酎を載せる予定はない。

　名前通り、金色の焼酎をタンブラーに注ぐと、上からお湯を足した。

「はい。うどんすきが出来るまで、これ飲んで温まって。今日だけの特別メニュー」

　焼酎のお湯割りを出してやると、伊勢川は暖をとるようにグラスを両手で摑んだ。

「お……おおきに」

　消え入るような声で言った後、伊勢川はゆっくりとグラスに口をつけた。

大阪で生まれた女

一

――二月七日。

「まいどぉー。お花が届いてまーす」

昼を過ぎたあたりから、開店祝いの花が次々と届き始めた。

予行演習やレセプションで動線を確認し、細かい箇所の工事や点検を終え、備品も全て揃った今日は、客を迎え入れる準備をしていた。

「いやぁ、どないしよ。飾る場所がないわ」

次々と届けられる花は、小さな店内に飾り切れないぐらいになっていた。

「すいませーん」

屈み込んで椅子の脚を拭いていると、表の方で男性の野太い声がした。また何か届いたらしい。「『たこ焼きの岸本』さんは、こちらで良かったですか？」と尋ねてくる。

「はあい」

振り返って、ぎょっとした。

大柄な男性が二人、花を生けたスタンドと共に店先に立っていた。

筋肉で押し上げられた胸元や角材のように太い腕、この寒空に半袖のTシャツを着ており、眼光は鋭い。

十喜子は怯えたような顔をしていたらしい。男が表情を和らげた。

「失礼しました。私は『なみはやプロレス』の倉田と申します」

強面な外見だが、喋り方は丁寧で優しげだ。その間、もう一人の男性は直立不動の姿勢で控えている。

「このまま外に置きましょうか？　それとも一旦、中に入れた方がいいですか？」と尋ねられ、我に返る。

「どうぞ、そのまま入って下さい」

運ばれてきたのは、深紅の薔薇、黒いダリア、百合の蕾で作られた特大のスタンド花で、その中央には黒と赤、シルバーで隈取りされたものが据えられている。菜美絵がリングに上がる時に着用するマスクだ。

只者には見えない男達を不審に思ったのか、通りすがりの人々が立ち止まって店内を覗く。

「あの……、お二人が直接、運んできて下さったんですか？」

十喜子は礼を言うのも忘れて、花と男達を交互に見ていた。

「花屋に注文つけたら大きくなり過ぎて、箱に入んなかったんですよ。そんな訳で、自分達で運んできました」

どうやら特注で作らせたようだ。

「それは、それは……。ありがとうございます」

　再び表が騒がしくなった。ガラガラと台車で何かを運ぶ音に混じって、話し声がする。

「おい、吉田ぁ。この店でいいのかー？」

　車輪の音が止まった。

「いいんじゃないすか？　これだけ花が飾られてるんだし、間違いないっしょ」

「お前、連絡先ぐらいちゃんと聞いとけよ。おーい。前橋！　いるのかー？」

　ほっそりとした、スタイルの良い女性が店内を覗き込む。

　荒っぽい口調に似合わない、アイドル歌手のような可愛らしい顔で、さらさらの髪を栗色に染めていた。カラコンでもしているのか、瞳の色がやけに明るい。

「あ、倉田さん！」

　彼女は男を見ると、大仰に手を振った。

「こんちはーっす！」

　後ろにいた、もう一人の女性も挨拶する。赤いつなぎを着た、ぽっちゃりとした女性で、伸びた金髪の根元が黒くなっている。彼女の手は台車のハンドルを摑んでおり、そこには、これまた特大のアレンジメントが鎮座している。

「おう、祝花か？」と、十喜子の代わりに倉田が応じた。「どこに置きましょう？」と倉田が尋ねてきたが、もうそんな大きな花を置ける場所はなかった。

床に新聞紙を敷いて、とりあえず贈られてきた小さめのアレンジメントを並べてあったのだが、それらを奥の小上りやカウンターの上に移動して、何とか床にスペースを作る。

「お邪魔しまーっす！」

薔薇にアマリリス、カーネーションを生け込んだ赤いアレンジメントが、二人の手で運ばれてきた。天に向かって伸びる、くねくねとした薄茶色の枝の間に、「ガールズプロレス東京」の名が見え、二人が動く度に花がゆらゆらと揺れた。

「あ、颯がお世話になってます」

慌てて挨拶すると、「こっちこそ世話になってまーす」と返ってきた。

「……これも特注で作って頂いたんですか？」

「はい。スポンサー企業の花店さんに特別に作ってもらいました」

アイドル顔の女性が、「なみはやプロレス」と立札がついたスタンド花を見上げると、

「ふんっ」と鼻で笑った。

「デカイだけで、センス悪くないっすか？」

倉田が応戦した。

「祝いの場で、無粋なこと言うんじゃねえよ」

「へぇ、随分と甘っちょろいんですね。絶対に負けませんからね」

「女だからって容赦しねえぞ。ボッコボコにしてやるから、楽しみに待ってな」

「そっちこそ女に負けて、恥かかないようにして下さいよ」

バチバチっと火花が散ったかに見えた。

喧嘩が始まるのかとおろおろしていると、辰巳が姿を現した。「へぇ、皆さん、御揃いで」と言いながら。

途端に、倉田が頭を下げた。

「理事長さん。この度はありがとうございます！」

隣の男も倣う。

「ありがとうございます！」

隣の男も倣う（ならう）。そして、ぽかんとしたまま辰巳を見ている女性達に怒鳴った。

「そのお方が、『住吉鳥居前商店街プロレス』を企画して下さった辰巳さんだ。挨拶しろ！」

「あ、はい！　この度はありがとうございます。佐藤麻耶です！」

隣の女性も「呼んでいただき、ありがとうございます！」と頭を下げる。

「いやいや。さすがですな。決戦前のマイクパフォーマンスも白熱して……。ところで、『ガールズプロレス東京』はんは、今日は大阪にお泊まりでっか？」

「いえ。明日は名古屋で試合があるんで、今から移動します」

名古屋に来るついでに、わざわざ大阪まで足を延ばしてくれたらしい。

「会場は国際会議場で、休暇中の前橋に代わって、こちらの吉田がメインイベンターを務めます」

麻耶は赤いつなぎの女性を紹介する。

随分と若く、菜美絵ほどの迫力はないが、風体から見て彼女もヒールのようだ。

「見に行きたいんやけどなぁ。名古屋はちょっと遠いわ。また来週会いまひょ。お待ちしてまっさ」

「はい。よろしくお願いします！　それでは、私達はこれで退散します！」

「失礼します！　前橋さんによろしくお伝え下さいっす」

「では、我々も失礼します」

辰巳、十喜子と順に挨拶し、四人のレスラー達は出て行った。見送りに外に出ると、居合わせた人達も遠目で四人を見ている。

「あぁ、びっくりした」

「ストーミーはんで見慣れてるとはいえ、男のプロレスラーはもひとつ大きいでんな」

感心したように辰巳が言う。

今の二人は、いずれも身長が一八〇センチ以上はある上、身体（からだ）の厚みや横幅も大きかった。

「あの男の人らも、来週末の商店街プロレスに出てくれるんですか？」

「伊勢川はんの提案ですねん。男女混合のタッグトーナメントにした方が、人が集まるんやないかと」

開催日時は二月十四日の日曜日の十三時、商店街の中ほどにある「メルシー住吉」のイベントホールで開催される。

「試合は三十分一本勝負で、決勝だけ時間無制限です。おかげで入場券も順調にはけてまっせ」

十二時には開場し、ホール外の広場に屋台を作って、有志店舗がテイクアウトの食べ物などの商品を並べたり、他にはプロレス関連の書籍やグッズを販売して、イベントを盛り上げる。

「当日は、うちも朝からフル回転やわ」

「メルシー住吉」には火器を持ち込めないので、「たこ焼きの岸本」では、あらかじめ店舗の方で揚げた天ぷらにソースを絡めたのと、冷めても美味(おい)しいベビーカステラを売る予定だ。

二

——その翌朝。

二月八日。

身支度を整えて家を出ると、表を掃除していた加茂さんに呼び止められた。

「開店は今日やったなぁ」

朝の挨拶の後、そう切り出された。

「私までどきどきしてきたわ。頑張ってな」

暫し喋った後、まだ眠っている街に向かって足を踏み出す。

十喜子にとっては、大きな一歩だ。

新店のオープンを控えて、昨夜は遅くまで起きていた。体力を温存する為にも早く床に就きたかったが、大量に贈られた花を何処に飾るかを考えたり、直前になってちゃんと客が来るのか不安になったりで、なかなか寝付けなかった。やっと寝入ったかと思えば早朝に目が醒めてしまい、結局は眠れないまま布団の中で夜が明けるのを待っていた。

午前七時前、まだ行き交う人も少ないアーケードを歩く。ほとんどの店がシャッターを閉めている中、豆腐屋だけが開店の準備を始めていた。

「あぁ、岸本さんか。おはようさん」

十喜子の高校時代には、母親と一緒に店に出ていた二代目が、十喜子の挨拶に応える。そろそろ息子に店主の座を譲るのではないかと、そんな話も聞くが、まだまだ元気だ。

「岸本さんの店、そろそろオープンやろ？」

「はい。今日からです」

「そら、楽しみや。昼休みによばれにゆくわ」

会釈をし、店主の肩越しに向こうを見る。そこに新しい十喜子の店がある。一見、何を売る店なのか分からない。
看板は作らなかったので、シャッターが閉まっていると、一見、何を売る店なのか分からない。

シャッターを持ち上げると、薄く開いた隙間（すきま）から花の匂（にお）いが漏れだしてくる。「いよいよなのだ」という高揚感と、同じだけの不安が十喜子の胸をざわつかせた。

最初はこれまでと同じように、名無しの店でいいと考えていた。気の利いた店名をつけたとしても、近所の客は「進ちゃんの嫁はんがやってる店」とか、「とっこはんの店」としか呼ばない。

だが、組合の理事会から「商店街の情報を公式サイトに載せたり、ＳＮＳで流すから、ちゃんと店名をつけてくれ」と頼まれた。頭を悩ませたものの、結局は役所に書類を提出する時に使っている屋号「たこ焼きの岸本」を、そのまま店名とした。

今朝、サイトを覗いてみたところ、既に「新規店舗」として紹介されており、営業時間や電話番号なども掲載されていた。

シャッターを開けて中に入ると、暗がりの中で息を潜（ひそ）めるように花が十喜子を見ていた。花が発する気配や香りに囲まれるうち、緊張が高まってゆく。

「十喜子ちゃん。おるん？」

振り返ると、マキシ丈のヒョウ柄のコートをまとったママが身体を屈め、半分だけ開いたシャッター越しに中を覗いていた。寒そうに手をこすり合わせている。

「北新地のホステスが、たこ焼き屋に鞍替えしたみたいや」

ママの軽口に、肩に入っていた力が抜けた。

「花屋さんもびっくりしたでしょね。配達に来たら、夜の蝶やなくて、こんな垢抜けへんおばちゃんが出てきて」

送ってもらった花は、アレンジメントは奥の小上りに並べ、スタンド花と鉢植えは表に飾る予定だ。中でも二つのプロレス団体が贈ってくれた花は、嫌でも人目を引く大きさで、一際存在感を放っている。

そして、小さ目の花はレジ周りだけではスペースが足りず、カウンターにまで並べたから、当分の間、客は花に囲まれて食事をする羽目になりそうだ。

「オープンは十一時やろ?」

店で扱う品目が少ないのだから、こんなに早く店に出ることもないのだが——。

「……家におっても落ち着かへんから」

「今からテンパってたら、身体がもたへんで。時間あるんやったら、うちにおいでや」

「いいんですか?　まだ開店前でしょ?」

「ええわよ。何や私も落ち着かへんから、早起きしてしもて」と、ママは笑った。

「私の方がテンパってるか?」

先に立って歩き始めたママは、ビーズ刺繍が入ったチャイナシューズを履いていた。踵を踏んでいるせいか、ペタペタと足音がアーケードの中に響く。

「コーヒーでええ?」

まだ、灯りがついていない「ひまわり」は妙に静かで、通い慣れた店が見知らぬ他人のように思えた。電灯のスイッチが入れられると、真っ暗だった店内にセピア色の光が降り注ぐ。

カウンターに立ったママが豆を挽き、アルコールランプにマッチで火を付けた。

「サイフォンって、楽しいですねぇ。たこ焼きもそうやけど、作られる過程が見えるのがええんよ」

湧き上がるお湯が音を立て、理科の実験で使うようなガラス器具に、少しずつ褐色のコーヒーが溜まってゆく。やがて、アルコールランプの火が消えると、コーヒーが落ちてきた。

ママは攪拌する手を止めずに言う。

「サイフォンは手間がかかるけど、バイトの子でもそれなりの味が出せる。お父ちゃんは、そない言うてた。せやけど、今は私一人で十分回せるから、ドリップでええんよ。まぁ、これまでの習慣で何となく続けてるんやわぁ」

そして、朝食用に買っておいたというチョコレートを挟んだパンを軽く温めて、コーヒーと一緒に出してくれた。

「『ひまわり』は、私が高校生の頃には既にあったから、かれこれ四十年以上？」

年季の入ったカウンターや、煙草のヤニで染まった壁紙、昭和時代に流行ったスズラン形のシャンデリアに目をやった。

「もっとや。昭和四十年創業やから、十喜子ちゃんとおない年ぐらいとちゃうか」

「うわぁ……」

同じ場所で五十年以上にわたって商いを続けているのだ。

「インテリアも今はレトロになってしもたけど、当時の最先端やったんやって」

「改めて言いますけど、ほんま凄い事やわぁ」

「『ひまわり』は跡を継ぐもんもおらんし、年金貰えるようになったら定休日を増やしたり、時短で営業するとかして、私も楽さしてもらうつもりや。今まで、散々働いてきたんやから、もうええやろ。商店街にも若い人らが増えたし、老いぼれは去るだけや」

先の見えない世の中で、商店街の行く末も分からない。だが、還暦を迎えるママは、自然体で老いを受け入れる気でいるようだ。

人生の折り返し地点を過ぎた十喜子にとって、新しく店を起ち上げるのは予想だにしない出来事だった。自分の何処に、こんな力が残っていたのかと、十喜子自身が一番驚いている。

いや、元気をもらったのだ。

若い世代と、そして、昔から十喜子を支えてくれた人達から。

「私、そろそろ行きます」

「今日は颯くんも店に出るんやろ？　ランチタイムは特製メニューを用意しとくから、待ってるで」

「すみません。何から何まで……」

「何も心配する事ないよ。十喜子ちゃんは一人やない。颯くんや菜美絵ちゃんがおるんやから、一人で抱え込んだらあかんで」

温かい言葉に胸が熱くなる。

朝食の礼を言うと、見送りがてらママが表に看板を出した。

「さぁ、私ももうひと踏ん張りしよか」

三

「おかんの店なんかに、ほんまに客が来るんか？」

颯が落ち着かな気に、小窓から外を見る。

「開けてから、まだ十分しか経(た)ってへんやないの」

「宣伝もしてへんのやろ？　こないだの初辰市(はったつ)で、チラシぐらい配っても良かったんとちめしている。

手持ち無沙汰なのか、仕込みはとっくに終えているというのに、何度も冷蔵庫を開け閉
「オープンと同時に人が押し寄せたら、こんな小さい店、パンクするわ」

それは圭介からの助言でもあった。

「うちみたいな小さい店は、通りすがりの人が気付いてくれるぐらいがちょうどええん
や」

オープン初日が月曜日なのも、十喜子には有難かった。今週末に開催される「商店街プ
ロレス」に向けて、一週間かけて少しずつ慣れて行けばいいのだから。

カラリと戸が開いた。

「えーらっしゃーい！」と颯が張り切って声を上げる。

記念すべき第一号客は伊勢川だった。

「何や、おっちゃんか……」

失望したように、颯は肩を落とす。

「おい、何やはないやろ。わざわざ客を連れて来たったんやど」

背後に、買物客らしき女性が二人立っていた。その二人に、伊勢川がお愛想を言う。

「奥さん。うちが仕入れた蛸を使てますから、ここのたこ焼きは間違いないですよ。何せ、

この道四十年の目利きの僕が見繕った蛸なんやから」

それだけ言うと、伊勢川は立ち去った。

「へい。何にしましょ」

颯は二人にカウンター席を勧めた。

女性客は花だらけの店内を落ち着かな気に眺めているだけで、なかなか座ろうとしない。

「ソースが選べるんやねぇ。どないしよ……」

「チーズ入りて、美味しいんやろか？」

「天ぷら？　ここ、たこ焼き屋さんよね？」

壁に貼り出したメニューを前に、顔を見合わせている。豊富に揃えたメニューが、かえって混乱を招くらしい。

「うちの店が初めてやったら、醤油味は如何ですか？　生地に味がついてるから、ソースかけんでも食べられます」

水とおしぼりをカウンターに置きながら、十喜子はさり気なく勧める。

「天ぷらというのは、たこ焼きに衣をつけて揚げた料理です。明石焼きみたいに、温かいおつゆに浸けて食べます」

「へぇ、珍しいね」

「ちょっと他所では食べられへんと思いますよ。良かったらご飯もお付けできます。白いご飯か、紅ショウガとお葱、天かすの混ぜご飯があります」

「ほんなら、醤油味のたこ焼きと天ぷら……。二人で分けるから一人前ずつで」

二人は顔を見合わせ、頷き合っている。

「それと混ぜご飯を二つ」

「たこ焼きは今から焼くから、ちょっと時間を頂きますね」

十喜子からオーダーを受けた颯が冷蔵庫から生地を取り出し、油を馴染ませたたこ焼き鍋にざあっと流し込む。

一方、十喜子は天ぷらと混ぜご飯の準備に取り掛かる。

「ええ匂いやねぇ」

「ほんま」

たこ焼き鍋は通りに面して置かれ、外から焼く様子を見学できるから、焼けたたこ焼きを千枚通しでひっくり返し始める頃には、店の前で足を止める者が現れた。

「いや。新しいたこ焼き屋さん？」

四人組の女性客が足を止めた。

御揃いの制服を着た、近くの診療所で働く職員達だ。

メニューを記した看板と店内を交互に見て、悩んでいる。

「今日がオープンやて」

「どないしよ。食べたいけど……」

そして、「たこ焼きは昼御飯にならへんしなぁ」などと話し合っている。

二人組にご飯と天ぷらを出すついでに、十喜子は戸を開いた。そして、四人組に声をかける。

「ワンドリンクで、中でも食べられますよ。焼くのに時間かかるし、今日は寒いから、お茶でも飲みながら待ってて下さい」

そして、ご飯と天ぷらも売り込む。「混ぜご飯」と聞くや、彼女達は前のめりになった。

「話のネタに、今日はここでお昼にしよや」

リーダー格の女性の言葉に、皆が賛同した。

十喜子は大きく戸を開いた。

「はーい。そのまま真っすぐ進んで、奥のテーブル席へどうぞ」

彼女達につられるように、何人かの通行人も足を止めた。

「カウンターでしたら、まだお席は空いてますよ」と声をかけると、一人、二人と続けて入店してくれた。

滑り出しは上々だ。

昼時とあってか、刻んだ紅ショウガと葱、天かすを混ぜ込んだ「たこ焼き飯」と、天ぷらの組み合わせがよく出た。

一時に客が入ったからだろう。いつもなら父親譲りの調子の良さを発揮する颯も、さすがに軽口を叩く余裕はないようだ。無言でたこ焼きを回転させている。

「今日は『ひまわり』のママが、あんたの為に特製メニューを用意して待っててくれてる。休憩しといで」

食事時を過ぎ、客足が遠のいたところで声をかける。

「『ひまわり』なぁ……」

だが、颯はラーメンの気分らしい。

「工事中、ママにはさんざん世話になったんや。それに、あんたが来るのん、楽しみにしてるんやさかい、ラーメンは晩御飯に回して、顔出してあげなさい」

颯が出て行って暫くして、引き戸が開いた。

「いらっしゃ……」

姿を現したのは圭介だった。黒いジャンパーとGパンに、ハンチング帽を被っている。

「いやっ！　どないしはったんですか？」

驚きのあまり、声が裏返っていた。

「僕の店、今日は定休日なんで。うわぁ……」

大量の花で埋め尽くされた店内を前に、感嘆の声を上げている。

「凄いなぁ。お祝いを花にしなくて良かった」

レセプションの日、圭介からは祝金をもらっていた。「もらう理由がない」と断っても、「何かの役に立たせて下さい」と言って、聞かなかった。

今回、圭介には本当によくしてもらった。指摘はどれも的確だったし、古い知人というのもあってか安心して相談できた。

誰かを頼りにする。

それは、長らく忘れていた感覚だった。

「御主人が残された店、地元に根を張り、地域の人に愛されてるんですね」

圭介は眩しそうに花に目をやる。

「恵まれてたんです。ほんま、周りの人が皆、主人を盛り立ててくれて。そのおかげで、何とかなったようなもんで……。主人に比べたら、諸口さんは他所から来て、知り合いのおらん土地でお店を成功させたんです。ほんまに偉いですよ」

「僕は偉くも何ともないですよ……」

照れ臭そうに笑いながらカウンターに座ると、圭介はメニューを手に取った。

「天ぷらにしはったら？　すぐにお出しできますよ」

最後の客が注文した後だから、油はまだ温かい。

「それでお願いします。あと、ビールも飲んじゃおうかな」

「承知しました」

冷えたグラスを出し、瓶ビールの栓を抜く。

「あ、お気遣いなく」

「最初の一杯ぐらいは、お酌さして下さい」

グラスにビールを注いでおいて、調理にとりかかる。

冷凍庫からたこ焼きを、冷蔵庫からは小麦粉を溶いたボールを取り出し、油の温度を調節する。そして、ボウルの中身を箸でさっくりと混ぜ、冷凍たこ焼きに衣をまとわせる。粘りが出ないように、衣を混ぜ過ぎないのが肝心だ。

天ぷらを鍋に浸すと、しゅわわぁっと軽快な音が響いた。

揚げている間に、天ぷら用の敷紙を二つ折りにしたのを皿に置き、温めたつゆを椀に張る。

見ると、圭介は店内の物の配置や、備品類をチェックしていた。

「何か気ぃ付いた事あったら、教えて下さいね」

はっとしたように、圭介が顔を上げた。

「すみません。つい……」

「もしかして、こないだのレセプションでも、そんな風に観察されてたんやろか？」

圭介の前に料理を置きながら、軽く睨む。

「い、いただきます」

慌てたように、圭介は天ぷらを丸ごと口に入れる。「あっ！」と思った時は遅かった。

「あつっ！」

圭介は顔を真っ赤にし、おしぼりで口元を押さえた。

「火傷（やけど）したんでしょ？　遠慮せんと、ここに出して」

小皿を差し出すが、圭介は汗をかきながら咀嚼（そしゃく）している。

「熱い……けど、美味（うま）い……」

そして、ごくんと呑（の）み込んだ。

「もう、びっくりさせんといて下さい」

「これしき、平気です。猫舌じゃ料理人は務まりませんよ」

だが、二個目の天ぷらは、半分に割って食べている。

――やっぱり熱かったんやないの。無理して……。

笑いたいのを我慢して、素知らぬ顔で冷たい水を出してやる。

天ぷらを全て食べ終えると、圭介は箸を置き、グラスに残っていたビールを飲み干した。

「やっぱり、御主人が羨（うらや）ましいですよ。こうやって、沢井さんが商いを広げてくれているんだから……」

「それがもう、生きてる時は腹立つ事ばっかりで……。最初にたこ焼き屋をやると言い出した時は、本気で別れたろと思いました。息子がおったから辛抱したようなもんの……。

他人様に言うようなことやないけど、冗談やなしに『はよ死んでくれたらええのに』と思たことあります。実際に死なれてみたら、寂しいもんですね。あんな主人でも、家におったら番犬代わりになるし……」

　生前の進は甲斐性なしだったが、それでもいなくなると、自分で気付いていなかったところで支えられていたのだと思い至る。

　じっと見つめられているのに気付き、言葉を切った。

「すみません。どうでもええこと喋りすぎやね。私……」

　圭介は二杯目のビールを手酌で注ぐと、一気に飲み干した。

「沢井さん。こないだの話、聞こえてましたよね？　妻と別れた時の経緯とか色々……」

「あ、あぁ、ごめんなさいね。聞くつもりはなかったんです」

　咄嗟のことで、嘘がつけなかった。

「ちょうど、奥さんのことを喋ってる最中に近くに行ってしもて……」

「つまらん昔話になりますが……。頭が真っ白になる事って、本当にあるんですね」

　圭介は淡々とした口調で続けた。

　問題の祖母は旧華族の血を引く気位の高い人で、圭介を認めてはいなかったらしい。

「最初から別れさせるつもりで、僕を婿養子にしたのでしょうね。妻の経歴を傷つけたくないという理由で……。結婚してすぐに子供が出来たんですが、その子が妻の姉夫婦の籍に入れられていたと聞いたのは、ずっと後になってからでした」

「え？　どういう事？」

「僕と別れた後に、養子縁組という形で妻の実家の籍に入れる為ですよ。つまり、夫である僕の痕跡は一切、残さないという徹底ぶりで……」

全て、明治生まれの祖母の指示だと言う。

「そんな無茶なこと、今の時代に通せたんですか？」

圭介の子供が生まれたのは、戦後の混乱期ではない。平成の時代である。

「周りの人からも言われました。『弁護士を立てて争ったら、絶対に勝てる』って。ただ……」

圭介は俯いた。

「親同士が争う姿を見せるのは、子供にとって良くない。可哀想だ。そう考えて、何もかも呑み込みました」

嵐の寝顔を見て、「可愛いなぁ」と呟いた圭介を思い出し、胸が痛んだ。

「どない言うてええんか分からへんけど、それはお辛かったですね……。せやけど、明治生まれのお祖母ちゃんなんか、当時は九十ぐらいになってたんやないの？　そんな無茶な要求、向こうの家の人、誰も撥ねのけへんかったんですか？　奥さんも……」

それには答えず、圭介は力なく笑った。

「もう、どうでもいい。それが正直な心境でした」

その時の圭介の心境を思い、息が苦しくなった。

大人達の醜い争いに、子供を巻き込みたくない。その気持ちに嘘はないだろう。だが、それ以上に伝わってくるのは、たとえ裁判で勝ったところで、元の生活に戻れないのだという圭介の無念さだった。

脱サラしたり、料理人に転身したのも、もしかしたら前向きな気持ちというよりは、生き直したかったからではないのか？

「沢井さん。僕が送った手紙、覚えてくれてますか？」

はっとした。

忘れるはずもない。

当時の圭介は、後に妻となる女性に片思いしていて、その女性の存在がなければ、十喜子に交際を申し込んでいたと書かれていたのだ。

進との結婚生活が思うように行かなくなったり、颯が家出をしたり、何かの折に、ふと「もし、他の男性と結婚していたら」と、どうしようもない考えを持った事もある。

見ると、圭介の目が熱を帯びていた。

二十代の頃のスタイリッシュな圭介が、十喜子の前に現れた気がした。

「えーっと……」

十喜子は唾を飲み込んだ。

「私、諸口さんから手紙を貰った覚え、ないんですけど」

素っ気なく言ったつもりが、怖いほどに脈が速くなる。

自分は、うまくとぼけられただろうか？

時が止まったかのような息苦しい静けさの中で、圭介はバツが悪そうな顔をした。そして、十喜子から視線を外し、メニューに目を落とした。

ハンチングを脱いだ頭頂は、髪が薄くなり、地肌が見えている。時の流れの残酷さを、そこに見た気がした。

「何か、お作りしましょか？　うちのチーズ焼き、評判いいんですよ」

気まずい雰囲気を誤魔化そうと、話題を変える。

「チーズ焼き？」

「はい。ホットプレートで作るんです」

作り方を説明していると、菜美絵が顔を覗かせた。

「お義母さん、何か手伝うことないっすか？」

今日は家で嵐の面倒を見ている予定だったが、気になって顔を出したのだろう。菜美絵の長い脚には、木に摑まるコアラのように、嵐が抱き着いていた。

「今んとこ、大丈夫やよ。……あ、こちらは菜美絵さん。息子の嫁です」

圭介に引き合わせる。

「菜美絵さん。この方は諸口さんというてね、お店を開く時、物凄いお世話になったんよ」

「いや、世話というほどのことは……」

慌てて否定する圭介に、菜美絵が、「あぁ」と得心したように頷いた。

「颯から聞いてるっす。お義母さん、再婚を考えてるんすよね？」

思わぬ言葉に、咄嗟に声が出なかった。

「颯はごちゃごちゃ言ってたっすけど、自分は賛成っす」

「ちょっと、何でそんな話になってんのん？」

慌てて諸口を見たが、彼も今の話を理解できなかったのだろう。ぽかんと口を開けている。

「あれ、違うんすか？　お義母さんの昔の彼氏が家に出入りしてるって、颯が……」

菜美絵の視線が動いた。

つられてそちらを見ると、休憩から戻ってきた颯が、ポケットに手を入れた恰好(かっこう)で通りを歩いていた。気が付いたらカウンターを飛び出していた。

――あのアホ……。

表に出て颯を捕まえると、そのまま引っ張って商店街の中を行く。

「ちょっ、いきなり何やねん。離せや」

十メートルほど進んだところで、掴んでいた腕を振り払われる。

「あんた！　諸口さんのこと、何か勘違いしてへん？」

舌打ちが聞こえた。

「親父（おやじ）のおらん家に、俺（おれ）の知らん男が出入りしてるんやぞ。誰かて心配するやろ」

その言い草に呆（あき）れた。

「へぇ、心配？　そのセリフ、そっくりそのまま返すわ。あんたがおらんようになった時、どんだけ心配させられたか。私の気持ち、考えた事あるか？」

「だからぁ」

颯は顔をしかめる。

「今は、そういう話をしてるんとちゃうやろ。昔がどうやったとか、持ち出してくるなや……。いたっ！　何すんねん」

拳（こぶし）で颯の胸を小突いていた。

「あんたは、ほんまお父ちゃんにそっくりや」

つーっと涙が流れた。

「何も、泣かんでもええやろ？」

「アホ！　泣き過ぎて、もう涙も涸（か）れたわ！」

「ほんなら何で泣いてんねん」

口惜しいやら、情けないやら、つもりに積もった気持ちで、十喜子の胸は爆発寸前だった。

「ええ加減にせえ！　痛いやろが！」

泣きながら拳で颯の胸を叩いていると、突き飛ばされた。バランスを失った十喜子は無様に尻もちをつく。

「あんなおっさん、俺は認めへんからな」

「私の問題や。あんたに口出しさせへん！」

「そうけ。ほんなら、店もあのおっさんに手伝うてもろたらええやないけ。俺らをアテにせんと」

怒りのあまり、顔から血の気が引いた。

「ほんまに最低やな。最低のクズや。あんたは……」

「誰がクズじゃ……。ぐっ」

いつの間にか菜美絵が背後から忍び寄り、颯の首に腕を巻き付けていた。

「放せ！　放さんか、こら！」

強引に首を引き抜こうと、颯は上体を折り曲げて抵抗する。だが、菜美絵はびくともしないどころか、さらに力を加えて締め上げて行く。

「ギブ！　ギブアップや！　ギブ！」

菜美絵の腕を叩き、必死で許しを請う。

腕がほどかれると、颯は仰向けに地べたに倒れ込んで両手で顔を覆った。その顔は真っ赤だ。

「気にする事ないっす。こいつ、お義母さんが心配だとかもっともらしい理由つけてるけど、違うんす。お義母さんが結婚したら、自分が嵐の面倒を見させられるって考えてるんす。そんな自分勝手な理由で反対してるだけで……」

身体から力が抜ける気がした。

全く颯らしい。

家出したまま十年間消息不明だった颯は、菜美絵が入院している間に嵐を連れ出し、大阪に逃げ帰ってきた。二年前の事だ。

あの時、追い掛けてきた菜美絵は言った。「嵐をお義母さんに押し付けて、自分は何処かに逃げるつもりだったのだろう」と。

「いいか！　二度とお義母さんの幸せを邪魔するんじゃねえぞ！」

気が付くと、周囲に人だかりがしていた。

「プロレスは週末やなかったか？」とか、「宣伝の為にやってるんとちゃうん？」とか口々に言い合っている。

その中に八百屋（やおや）と伊勢川の姿があり、彼らを見つけた途端、菜美絵の目がぎらりと光った。

「見せもんじゃねえぞ！」

そして、目にもとまらぬ素早い動きで八百屋の首を取ると、颯にしたのと同様に腕でがっちりと固め、そのまま脇（わき）に挟んで締め上げる。

「うわぁー、助けて下さいーーーー！　ひぃぃー！」

レフェリーのつもりか、伊勢川が八百屋の顔を覗き込む。そして、菜美絵の腕に手をやりながら、「ヘッドロックがぎっちり決まっとる。ギブアップするか？」と八百屋に聞いている。

「おめぇも邪魔なんだよ！」

八百屋を解放すると、今度は伊勢川の胸ぐらを掴み、そのまま壁際まで押して行く。

「わ、わ、わ、わーーーー！」

二人を避（よ）けるように、ヤジ馬達が道を空ける。

騒ぎが大きくなるにつれ、遠くから様子を見ていた人達も次々と集まってくる。

「何かおもろい事やってんで」

「週末に、ここで商店街プロレスをやるんやて」

スマホを高く掲げ、撮影している者までいる。

圭介が表に出てきて、呆気に取られたように騒動を見ていた。

「ごめんなさいね。せっかく来てくれたのに、何か変な事になって……」

圧倒されたまま立ち竦んでいた圭介は、近付いてきた十喜子に気付くと、はっとして表情を変えた。

「沢井さん、さっき再婚って……。もしかして、本気で考えてるんですか?」

「あぁ、あれ……。息子の勘違いです。気にせんといて下さい。あの子、昔っから早とちりのおっちょこちょいで……」

手を振って誤魔化そうとしたら、その手が摑まれた。

圭介の目が、射るように十喜子を見ていた。

四

「え！　プロポーズされたぁ?」

ブリ子が素っ頓狂な声を出した。

オープン六日目を迎えた日、客足も途絶えた午後にブリ子がやって来た。

「プロポーズやないわよ。再婚を考えてるんかって聞かれただけ。何で、いきなりそこまで飛躍するんよ」

「で、どう答えたん?」

ブリ子はたこ焼きと天ぷら、混ぜご飯のセットメニューを注文していた。新店の人気商品を、昨日からランチタイム限定のお得なセットにして売り出している。

「冷めんうちに食べて」

だが、もう食事どころではないようで、ブルドーザーのような勢いで詰め寄ってくる。

「それどころやないでしょ！　ケイちゃん、真剣やよ。それ」

「……」

「ちょっと！　ケイちゃんは冗談を言うような子やない。十喜子。受けるにしろ、断るにしろ、ちゃんと返事せんとあかんよ」

「返事も何も息子の勘違いやし」

ブリ子は頭を抱えるような仕草をした。

「相変わらず押しが弱いなぁ。ケイちゃんは……。そこで、きちっと『再婚を考えてるんやったら、僕を選んで下さい』って言わな」

「せやから、誰も再婚したいなんてゆうてへん」

「あ、ちょっと黙って」

ブリ子が耳を澄ませた。

小さい音量で流した店舗用ＢＧＭアプリが、聞き覚えのある曲を流していた。

踊り疲れたディスコの帰り
これで青春も終わりかなとつぶやいて
あなたの肩をながめながら
やせたなと思ったら泣けてきた

　ボリュームを少し上げる。

「私らが、中学生の頃やったかなぁ。この曲が流行（はや）ったのん」と言うと、ブリ子は「大阪で生まれた女やさかい、大阪の街よう捨てん」とサビを一緒に歌い出した。そして、途中で歌うのをやめた。

「あ！　これ、フルバージョンや！」

「フルバージョン？」

「そうや。シングル版は一部だけ切り取ってレコーディングされてんねん。ほんまは十八番まであるんやで」

　大阪生まれの女子高生が、夢を追いかける恋人と一緒に東京に行ったものの、最後は大阪に戻ってきて、それぞれ別の人と結婚するまでの話を歌ったものらしい。

「ショーケン、好きやったわぁ。『太陽にほえろ！』のマカロニとか……。あ、『八つ墓村』も良かった」

「あのなぁ、十喜子」

ブリ子がカウンターに身を乗り出した。

「今、歌てるのはBOROや。ショーケンとちゃう。それから、こっちがオリジナル。ショーケンがこの歌に惚れこんで、歌わしてくれて頼んだんや」

「へぇ、詳しいなぁ」

「うちの兄がフォークゆうんか、ニューミュージック？　このテの曲が好きで、しょっちゅう蘊蓄を聞かされてたんや。あと、上田正樹とか憂歌団とか」

「あ、憂歌団！　進くんも好きやった」

当時の十喜子は、テレビの歌番組で流れるような歌謡曲しか知らず、音楽には詳しくなかった。そのせいで、進からはしょっちゅう馬鹿にされた。

「思い出した！　あんたの旦那、ライブ会場でほたえとって、憂歌団に怒られたとかゆうてなかった？」

「そうそう。あの人、会場にギター持ち込んで、憂歌団が出てくる前にえらい盛り上がってしもて……。その時に顔を覚えられて、次にライブに行ったら、木村くんから『また、お前かー！』てステージから弄られた」

隣にいた十喜子まで周囲の注目を集め、進とライブに行く度に、一緒にからかわれたのだった。

何故（なぜ）、進と一緒になったのか？　そう問われると、自分でも理由は分からない。

ただ、二人でいると楽しかった。

腹の立つ事ばかりの三十年だったが、同じぐらい面白い思い出もあった。

「『大阪で生まれた女』は、途中で目ぇ覚まして別の人と一緒になったけど、十喜子はそのまんま……。なぁ、もしケイちゃんと結婚してたら、どんな人生やったんやろね」

「そんなん、分からんわ」

「さすがにケイちゃんも会社やめて、料理人にはなってなかったやろ。新卒で入った会社にそのままおって、今頃は部長ぐらいにはなってたかもな」

ブリ子の妄想に笑いつつ、いくら想像しても、圭介が管理職として部下に指図する姿は思い描けない。

「やっぱり進くんとおんなじように、たこ焼き屋になってたかもしれへんわよ。出世競争に疲れたとかゆうて、会社も辞めてしもて……」

「図太いぐらいやないと、組織でのし上がられへんからなぁ。ケイちゃんは優し過ぎる。ほんで、ケイちゃんとの事、どないすん？」

「どないもこないも、私は今さら他人と一緒に暮らす気はない」

「それやったら何で、すぐに断らへんかったん」

「せやから、断るも何も、申し込まれてへんねん。だいたい颯と菜美絵さんの勘違いを、諸口さんが真に受けただけで、私は……」

　ブリ子が冷たい目をした。

「要は逃げるんやな。十喜子。あんたはずるい」

　友人からの容赦ない言葉に怯む。

「ずるい？　私が？」

「そうや。相手が自分に気ぃあるのん分かってるから、余裕あるねん。弱ってる生き物に一気に止めを刺すんやなくて、なぶり殺しにするようなもんや」

「そ、そんなつもり……」

「それやったら、今すぐケイちゃんに電話しなさい。金輪際、自分には関わるなって」

「ちょっと、無理ゆわんとって……」

　その時、勢い良く戸が開かれた。

「十喜子ちゃん、えらいこっちゃ！」

　カズちゃんだ。

「どないしたんですか？　また、謙太くんが何か……」

「これ見て！　うちのアホ、こんなもん作っとんねん！」

そう言って、スマホを差し出す。

小さな画面の中に、動画のサムネイルが表示されていた。そこには佐藤麻耶や倉田と共に、マスク姿の菜美絵の写真と、「住吉鳥居前商店街、地獄のタッグトーナメントまで、あと三日」のタイトルが入っている。

画面をタップすると、声が流れた。

（こんにちは！　住吉鳥居前商店街『小久保製粉所』がお送りします）

続いて登場したのは、よく見知った顔だ。

「謙太くん！　え？　こっちは社長やん」

小久保親子は、テンポ良く商店街プロレスの開催を案内している。そして、カメラを回しながら住吉大社の大鳥居、阪堺線、南海本線構内の店舗を映した後、住吉鳥居前商店街へと進入してきた。

アーケードの入口に取り付けられた「住吉鳥居前商店街」の大看板も映っている。

前から歩いてくるのは法被(はっぴ)姿の辰巳で、二人が「大番頭はーん」と呼びながら近付いてゆく。そして、辰巳の案内で人通りを縫うようにカメラは商店街の中を進んでゆく。

（社長。この店の売りはなんでっか？）

小久保製粉所の前を通りかかった辰巳が、謙一に話しかける。

（そら、自家製のうどんですわ）

(へぇー、社長。自家製て、おたく大きな工場持ってて、今どき手作業で麵を作ってるんでっか？)

(そうです。シルバー人材センターから派遣されたおばあちゃん五十人ほどで、こんな大きな樽に入れたうどんを、一斉に踏むんですわ……て、何を言わせるんですか。嘘に決まってるでしょ)

謙一が辰巳に手刀を入れる。

(普通に機械で作ってます)

他にも幾つかの店舗が紹介され、そこで下手な漫才のような会話が繰り広げられる。

そして、いきなり「たこ焼きの岸本」の店頭が映ったから焦った。

表に飾った「なみはやプロレス」のスタンド花の立札と、アレンジメントの中に配置されたマスクがズームで撮影されている。

(謙太、知ってるか？　ここな、店主の一人息子が有名な女子プロレスラーと結婚したんやで)

(風の噂で「ヒモ」やて聞いとる。ほんまか？)

撮影者のものらしき笑い声が被さった。

と、その時。

店の戸が開かれ、血相を変えた十喜子が飛び出して行った。

「え？　これ、私？」

知らぬ間に映されていたようだ。

画面の中で一瞬、姿を消した十喜子だったが、カメラはすぐに十喜子の後ろ姿を追う。颯を捕まえ、引っ張って行くところや、「あんた！」という声まで拾われている。

撮影した動画を後で編集したらしく、静止画像に被せて不穏な効果音、そして辰巳の声が流れる。

（えらい事です。住吉鳥居前商店街の、開店したばーっかりのたこ焼き屋で、いきなり店主のお母はんと息子の親子喧嘩が始まりました。どないなるんでっしゃろ？　続きを見てみまひょ）

再び画面が動き出すと、今度は組み合っている二人をカメラは捉えていた。

菜美絵と颯だ。

ヘッドロックをかけられた颯が、首を引き抜こうともがいており、そのすぐ傍に、尻もちをついたまま二人を見上げる十喜子がいる。

すぐに人が集まり始め、カメラは彼らの頭越しに撮影を続ける。

後は、十喜子が見た通りの光景が繰り広げられていて、そこにヤジ馬の声と、撮影者のものらしき笑い声が被さっている。

あの時は気付かなかったが、乱闘には謙太も参加していた。菜美絵にタックルを食らわせ、返り討ちにあっている。だが、果敢に応戦し、いい勝負をしていた。

締め技をかけられた菜美絵は、「このクソガキが！　そんなんじゃギブアップしねえぞ！　ほら、もっと締めてみろ！」と叫びながら、最後は身体を反転させ、お返しに4の字固めをお見舞いした。

最初は笑っていた謙太だが、最後は「ぎゃーーー！　放して！」と顔が真っ赤になる。苦悶の表情を浮かべる謙太の顔がアップになり、そこにテンポの良い曲が被さると、日曜日に開催される商店街プロレスの案内が字幕で流れた。

見終わった十喜子は、唖然としていた。

カズちゃんは十喜子の手からスマホを取り上げ、もう一度再生しては「アホや」と笑っている。

五

「面白いでっしゃろ？」

文句を言おうと、顔を真っ赤にして駆け込んできた十喜子に、辰巳がしれっと言う。

「辰巳さん！　映すんやったら、事前に教えて下さい！」

「いやいや、相談も何も、お十喜さんの登場は予想外でしてん」

あらかじめ台本を用意していたのだが、十喜子の思わぬ行動に、後からシナリオを書き直したのだと言う。

「ほんなら、菜美絵さんが商店街で暴れまわったり、颯とか伊勢川さんらとやり合うたのも、事前に了解済みやったんですか？」

「そうです。プロレスの基本だっしゃろ。表向きは勝敗を競う形を取ってますけど、あらかじめ作られた台本通りに行う『エンターテインメント』だす。そんなん、ファンはみんな知ってます」

そして、「おかげさまで、ええ動画がとれました」とほくそ笑む。

「しかし、若い人の感性というのは面白いですなぁ。あれな、謙太が発案したんでっせ。ワタイは最初、何とかツテを頼ってテレビに取材してもらわれへんかと考えてたんやけどな。『おっちゃん。わざわざテレビ呼ばんでも、もっとええ方法がある』ゆうて……」

動画サイトの仕組みはよく分からないが、再生回数は順調に伸びていて、問い合わせも増えたと言うのだから、宣伝に役立っているのだろう。

「せやけど、あんな形で菜美絵さんを出して良かったん？　事務所は了解してはるんですか？」

「あれ？　知りまへんのか？　今回、実質的に取り仕切ってるのはストーミーはんでっせ。自分で興行権を買い取りはったんや」

「自分で……って」

そこまでの思い入れがあったのかと、言葉を失った。

「『息子夫婦の為に店を』というお十喜さんの心意気に、ストーミーはんが応える形になりましたな」

店を閉めて帰宅すると、先に帰っていた颯が夕飯の準備をしている最中で、菜美絵は嵐を膝の上に乗せて、子供番組を見ているところだった。嵐の好きな「ガラピコぷ〜」だ。

椅子の足元には、おもちゃの刀剣が落ちているから、さんざん遊んでもらったようだ。

何か手伝おうかと台所を覗いたものの、十喜子の出番はなかった。

ラップをかけたお盆の上には菊菜、白葱、エノキ、糸こんにゃく、焼き豆腐が並び、別に牛肉が用意されていた。

「あんた、あの動画見た？」と聞くが、無視された。

「何が気に入らんのか知らんけど、感じ悪いで。私かて、あんたには腹立ってることが一杯あるんや。返事ぐらいしなさい」

颯は「ふん」と鼻を鳴らした。

「一番腹が立つんは、東京では美味いすき焼きが食われへん事や」

そう言いながら、颯はカセットコンロにボンベをセットした。

すき焼きは、関東と関西では作り方が違う。

関東のすき焼きは、割り下という合わせ調味料で煮て食べる料理だ。割り下の材料は醤油、みりん、料理酒、砂糖、出汁で、ひと煮立ちしたところに肉と野菜を入れていくので、関西人の感覚ではすき焼きとは別物になる。

対して、大阪で食べられているすき焼きは、先に熱い鉄鍋で牛脂を溶かして肉を焼き、醤油と砂糖を絡めて味付けした後で、野菜を入れる。

「東京の奴らは、『てっちり』が大阪の鍋の代表やと思てるけど、俺は断然、すき焼き派や」

鉄鍋が熱せられ、颯は菜箸で牛脂を溶かす。

「子供の頃のあんたは、とろとろになった脂を食べたがって難儀したわ」

「今から思たら、なんであんなもんが美味かったんか分からん」

鍋から白い煙が出たタイミングに、牛肉を広げながら入れる。油の跳ねる音が響き、美味しそうな匂いが漂う。

山盛りの野菜が用意されていたが、鍋に入れてしまえば嵩は半分ほどになる。

「そろそろいーんじゃねーか？」と箸を伸ばす菜美絵に、颯は「まだや」と、その手を払いのける。そして、万遍なく味が染みるように、種類ごとに分けた野菜の位置を変えたり、豆腐をひっくり返した。

「締めのおうどんは用意してある？」

玉子を運んできた颯は、「しまった」という顔をした。

「忘れとったわ」

十喜子は手提げから、ビニール袋に入った麵を取り出す。

「今日、カズちゃんとこで貰てきたんよ。嫌味ゆうたら、社長がオマケしてくれた」

「嫌味？」

「そうや。私に内緒で撮影した挙句、勝手に動画に映されてた」

やっと話を戻せた。

「あれな。傑作やったわ」

その内容を思い出したようで、「くっく」と笑い始める。

「何が傑作やの。私は撮影してええとは一言もゆうてません」

一度は抑え込んでいた怒りが、再び込み上げてきた。

「周りの人らが盛り上げてくれてんねんぞ。そんな言い草はないやろ」

このまま会話を続けていると、また売り言葉に買い言葉で喧嘩になりそうだったので、無言で棚から鍋を取り出し、水道の蛇口を捻った。

水が鍋に溜まる間、圭介のことを考えていた。

――ケイちゃんは冗談を言うような子やない。十喜子。受けるにしろ、断るにしろ、ちゃんと返事せんとあかんよ。

仮に結婚を申し込まれたとしても、受けるという選択はなかった。

今は嵐の面倒を見ているし、何より店を軌道に乗せるのが先だ。自分の将来や老後など二の次だった。

鍋を火にかけ、沸騰するのを待つ。

テーブルの方からは、鉄鍋がぐつぐつと音を立てているのが聞こえてくる。

そろそろ食べ頃だろう。

生麺は煮るのに時間がかかるから、今から鍋に入れておけば、ちょうど頃合いに出来上がる計算だ。沸騰した鍋に、生麺をざっと流し入れる。

「そろそろ頂きましょか」

手を拭きながら席につくと、子供用の椅子に座った嵐は、テーブルにつっぷしていた。

「起こすの、可哀想やね」

余程眠いようで、肩を揺らしても、顔をつついても起きない。

「そいつの分の肉、俺が食う。商店街の肉屋で買うてきた伊賀牛や。子供に食わせるのん、勿体ない」

あとでうどんと一緒に食べさせてやろうと、十喜子は嵐の分の肉を取り分けた。

菜美絵は早くうどんを食べたいようで、コンロにかけた鍋を気にしている。

「お義母さん、放っておいて大丈夫なんすか？　あれ」

「心配せんでも、タイマーかけてる。ほら、はよ食べんと、颯に全部食べられてしまうわよ」

取り箸で肉を摘み、菜美絵の小鉢に入れてやる。

温かい湯気に包まれて、冬の夜はふけてゆく。

タイマーが鳴り、颯が台所へと向かった。

「お義母さん、明日は観にきてくれるんすか？」

「謙太くんが手伝うてくれるから、菜美絵さんが試合する時は、交互に観に行けると思う」

店は颯に任せて、十喜子は会場で売り子をする予定だ。

「吉田、会いましたよね？」

「あぁ、赤いつなぎ着てた子やね。花を届けてくれた」

休んでいる菜美絵に代わって、メインイベントに出ていると紹介された。

「自分、吉田には期待してるんす。若いけど、根性があります」

菜美絵は食べる手を止めて、小鉢に箸を重ねた。

「吉田には、自分が持ってる技術を全て教え込みました。まだ身体ができてないんで、今すぐには無理っす。でも、いつかは自分を追い越してくれるはずっす。あいつなら、やれる」

台所からは、茹で上がったうどんをざるにあける音が聞こえてきた。

「若手を育てるのも、菜美絵さんの仕事やねんね」

菜美絵の口ぶりから、吉田という選手を可愛がっているのがよく分かった。

「お義母さん、今の女子プロレスを見て、どう思うっすか？」

「どうって、私は試合を何回か見ただけやし」

実際に試合が始まると、女性同士が組み合う姿が怖くて、ほとんど目を背けている事の方が多い。

「昔の女子プロレスラーは、マジで強かったっす。ガチで身体を鍛えてたし、飯もよく食うし、身体を大きくする為にプロテインを飲んだりしてたっす。今はアイドル志望の、貧相な身体の子ばっかで、バチバチのファイトはできないんす」

佐藤麻耶のほっそりした身体を思い出す。こんな華奢(きゃしゃ)な身体の子が菜美絵の相手をするのかと不安を覚えたが、手加減していると聞いて納得した。

「商店街の人達が、自分を応援してくれてるのは分かってるっす。全盛期を知ってるプロレスファンは技量を見てくれるのも、自分を支持してくれてるのも分かってるっす。でも、今は顔が可愛くないと駄目なんす。たとえヒールでも……」

台所からは激しい水音が聞こえてくる。水道の蛇口を目いっぱい開き、ざるの中のうどんを締めているのだ。

「そんなことはない」と、言ってやりたかったが、十喜子とてプロレスに詳しい訳ではない。どう言葉をかけようかと思いあぐねていると、菜美絵は小さな声で、だがはっきりと呟いた。

「お義母さん。自分はそろそろ引き際を考えてるっす」

「え？」

「自分みたいなレスラーは流行らないんす。支持してくれるファンも高齢化してて、もう、そんなに長くは続けられない。そう覚悟してるんっす」

「菜美絵さん、考えすぎやよ。商店街の人らはみな、菜美絵さんのファンで……」

「だから」

十喜子の言葉が遮られる。

「だから、自分や嵐の事は考えずに、お義母さん自身の人生を大事にして欲しいっす」

圭介との再婚を祝福する。

そう言いたいのだろう。だが、十喜子は気付かないふりをした。

「大事にしてるわよ。もう十分に」

そして、しんみりとした空気を振り払うような言葉を探った。

「今までやってた店は、死んだ亭主が作った店。でも、商店街に出した新しい店は私の店や。私の夢がつまった店なんや。そら、表向きは『息子夫婦の為に』と言うてるけど、本音を言うたら違う。自分の為や。菜美絵さんの方こそ、私に気ぃ使うことないねん。引き際を考えるやて、年寄りみたいな事を言わんといて」

十喜子は「さぁ、うどんの用意はできたかしら」と、わざと明るい調子で席を立った。そして、颯の隣に立って、うどん用に葱を刻む。

振り返ると、菜美絵はテーブルに突っ伏した嵐の髪を撫でていた。

六

「いてまえー！　倉田！」

通路にいた男が、手でメガホンを作って叫んだ。

男が着ているサテン地のジャンパーの背中には、髑髏と訳の分からない文字が書かれていて、前後ろに被ったキャップから、白髪が覗いている。

リング上では今、男性レスラーの倉田と菜美絵が睨み合っているところだ。

十三時に開始された男女混合六人タッグトーナメントには、十二名の選手が集まり、抽選でチームを決めた。第一試合と第二試合の勝利チーム同士での決勝戦の前には、「なみはやプロレス」と、「ガールズプロレス東京」の看板レスラーの試合も挟まれた。

今日は商店街の店主達も本業を放り出して駆け付け、第一試合から白熱した。そんな訳で、決勝戦のゴングが鳴らされた頃には客も興奮状態で、警備スタッフの顔も緊張の為か強張っている。

「こらぁ、相手の顔、見てるだけかー？」

「前橋！　お前、倉田に惚れたんちゃうやろな！」

「倉田ぁ、はよやってまえ！」

あまりにヤジがうるさく、倉田はロープ際まで出張り、「黙ってろ！」と応戦する。

倉田が背中を向けた瞬間を、菜美絵は逃さなかった。後ろから羽交い絞めにし、技をかける体勢に入った。

わーっと歓声が大きくなる。

「そこや！　出せ！　ドラゴンスープレックス！」

「そのまま投げえ！」

「殺してまえ！」

最前列の客がリングにへばりついて、平手でマットを叩く。係員が駆け寄り、客を押し戻す。

だが、倉田の身体は持ち上がらない。

「何をやっとんねん！」

「前橋ー！　手加減すなっ！」

ヤジを飛ばす観客ら。

揉み合ううちに菜美絵の顔は真っ赤になり、羽交い絞めが緩んだ。その隙に倉田は上体を折り曲げると、左手を菜美絵の膝裏に入れ、横抱きに持ち上げる。

「サイドバスターやっ！」

「ええぞー、倉田ー！」

「おー！」と沸き上がる歓声。

「落とせ！」

倉田は左側に倒れ込むようにして、菜美絵の背中をマットに叩きつけた。そして、胴体に覆いかぶさる。

レフェリーがマットに四つん這いになり、カウントをとる。

「1！　2……」

菜美絵は懸命に身体を動かし、ロープを掴んだ。タッグを組んでいる相手がリングに入る。

選手交代だ。

菜美絵は這うようにしてリングサイドまで行くと、コーナーポストに凭れて荒い息を吐いた。マットに叩きつけられた衝撃のせいか表情がうつろで、視線が定まらない。

――あー、もう無理！

屋台へと戻り、謙太と交代する。

「もう、怖いわ。見てられへん」

普段、颯をやり込める姿ばかり見ているから、やられっ放しの菜美絵を見るのは辛かった。

「ほんなら、お言葉に甘えて」

謙太は嬉しそうに、イベントホールに向かって駆け出した。

二月十四日。

バレンタインデーにちなんで、イベントホールの外に設営された屋台村ではチョコレート菓子が積まれていた。だが、決勝戦が行われている今は閑散としている。

会場の飾りつけは、夜を徹して行われた。

リングの設営や椅子を並べるのは、東京から駆け付けたスタッフの他、試合に出場するレスラーも手伝った。

もっと簡素なものを想像していたが、リングアナウンサーやレフェリーの他、音響や照明を担当するスタッフも来ていた。場所こそ商店街のイベントホールで、オーロラビジョンもなかったが、中身は本格的な興行だった。

「えらい盛り上がってますね」

話しかけてきたのは、屋台村の隣のブースで店番をしている八百屋の女将(おかみ)だ。店番を妻に任せて、夫は観戦中なのだろう。

「もう一週間ぐらい前からそわそわして、口を開いたらプロレスの話や。ええ加減、聞き飽きたわ」と笑っている。

その時、ホールの方向から悲鳴が上がった。次に激しい物音と悲鳴が入り乱れ、不穏な雰囲気が段々とこちらに近付いてくる気配がした。

勢いよくイベントホールの扉が押し開かれ、ピンクのリングコスチュームの女性が飛び出してきた。

佐藤麻耶だ。

「てめぇ、こらぁ、卑怯(ひきよう)もん！」

続いて姿を現したのは菜美絵で、二人を追いかけてきた客も雪崩(なだ)れるように出てくる。

「え！　なになに？」

「きゃあああ！」

女将が十喜子に抱き着いた。

「男に媚(こ)びてんじゃねえぞ！　お前、前から気に入らなかったんだよぉ！」

菜美絵が麻耶の髪を掴み、自分の方を向かせると、思い切り平手で張り倒す。

甲高い悲鳴が上がった。

麻耶の愛らしい顔は鼻血と汗、涙で流れ出したマスカラで汚れている。

「おー、仲間割れや！　仲間割れ！」

「デブスの前橋が、麻耶に嫉妬(しつと)したんや！」

その時、ひしめくヤジ馬の中から、ハーフタイツの男性レスラーが飛び出してきた。金髪を逆立てた、若い男だ。

男は隅に積んであった空のダンボール箱の山から箱を一つ取り上げ、菜美絵に向かって投げつけた。

「うおー！」と、ヤジ馬達がのけぞる。

「何すんだ！　このヤロー！」

菜美絵は麻耶を壁に叩きつけた後、今度は男に向かって行く。そして、首根っこを掴むと、ダンボールの山へと突き飛ばす。大仰な音をたててダンボールの山が崩れ落ちる。

「前橋がキレよった！」

「女同士で男の取り合いや！」

「うっせぇよ！　馬鹿！」

そして、男の腕を取って立たせると、今度はこちらに向かってきた。

「まだだぞ！　寝てんじゃねーよ！」

「いやぁ、こっち来んとってえ！」

八百屋の女将が叫ぶ。

男の顔面が、八百屋のブースに叩きつけられる。同時に、並べてあった茄子(なす)やピーマンが周辺に飛び散る。

菜美絵は茄子を摑むと、仰向けに倒れた男の口に捻じ込んだ。

次に人混みをかいくぐって現れたのは、縞模様のシャツを着たレフェリーだ。

「二人とも戻りなさい！　無効試合にするよ！」

そして、カウントを取り始めた。

「レフェリー、無粋なことすな！」

「おもんないやないけ！」

今度は、レフェリーに向かってヤジを飛ばす観客達。

菜美絵と麻耶は、不貞腐れたような顔でイベントホールへと戻る。

だが、客が次々と扉から飛び出してきて、道を空けるようにセコンドが怒鳴る。しまいには、セコンド達が二人の周囲を固め、スクラムを組んで客を押しのけながら進んで行った。

「あーあ、もう。売りもんやのに。後で弁償してもらお」

人波が去って、静かになったところで、八百屋の女将は床に落ちた野菜を拾う。

「大丈夫ですか？」

倒れたままの男性レスラーに声をかける。

男性レスラーはぱっと目を開けると、口に捻じ込まれた茄子を生のまま食べ始めた。そして、女将と十喜子に向かって爽やかに笑うと、イベントホールに向かって駆け出した。

「あら、今の人、ちょっとエエ男とちゃう？」

女将が嬉しそうに頬を染めた。

突如、ホールを揺るがす大歓声がした。

「ちょっと、見てきていいですか？」

女将にブースの番を頼み、イベントホールを覗く。

人の頭の間からリングを見ると、菜美絵がコーナーポストに駆け上るところだった。マットに背中を向け、両足をロープに載せると、弾みをつけるように身体を上下させている。

「ストーミー！　ストーミー！」

「まーえはし！　まーえはし！」

観客の手拍子に合わせるように、菜美絵は身体を揺らす。そして、拍手と歓声の中、後ろ向きに宙を飛んだ。

空中に美しい弧が描かれる。

リング中央には倉田が倒れていて、菜美絵はその身体の上に落下した。折り重なった二人の身体はマットの上で跳ね、すぐに立ち上がった菜美絵は、倉田の脚を持ち上げ、エビのように丸めた。

「エビ固めやー！」

「決まったー！」

レフェリーのカウントに続いて、ゴングが打ち鳴らされる音。試合終了だ。

いつの間にか傍にいたママが「菜美絵ちゃん、凄かった！」と、十喜子の耳元で叫ぶ。

ママの抱っこで試合を観ていた嵐も、興奮して何か喚(わめ)いている。

リングアナがマイクを手に「本日はお集まりいただきましてぇ、誠にありがとうございます」と口上を述べ始めた。

今日、出場した選手達が全員リングに上り、観客の声援を受ける。

その時、端に立っていた菜美絵がつかつかと歩みより、リングアナからマイクをもぎ取った。

「よく聞け。今日が前橋様の見納めだ！」

「えーーーー！」という声を受けながら、菜美絵は観客席を眺めている。その目は穏やかで、試合中に見せた凶暴さは影も形もなかった。

「ちょっと、静かにしてもらえますか」

菜美絵は微笑(ほほえ)んでいた。

自分はヒールだから、プライベートでも笑わない。そう言っていた菜美絵が、リング上で歯を見せていた。

「明日から、自分は普通の母ちゃんになります。そして、旦那の実家のたこ焼き屋を手伝います。そう決めたから、今日はありったけの力を込めて、全力で戦いました！」

麻耶が真剣な表情をしていた。その隣では吉田が涙を流し、嗚咽を堪えるように口をへの字にしている。男性レスラー達も驚いていないところを見ると、あらかじめ伝えられていたのだろう。これが菜美絵の引退試合になるのを。

「自分は今日でリングを降ります。しかし！『ガールズプロレス東京』は続きます。どうか、これからも変わりなく、『ガールズプロレス東京』を、そしてプロレス界を応援して下さい！」

しんと静まり返った場内で、菜美絵は麻耶に顔を向けた。

「おい、この前橋様がいなくなるからって、しょっぱい試合してたら、リングに殴り込みをかけっからな！」

「笑わせるな！　お前、やめるって言ったばっかだろ？」

「言ってみただけだよ！」

場内から笑い声が起こった。

「以上だ」

菜美絵はリングアナのズボンにマイクを突っ込んだ。

笑いの輪が、さらに広がった。

「ストーミーはん、これで最後やとか言わんと、子育てが一段落したら、また戻ったらええやないか」

辰巳が声を張り上げる。

「そうだ、そうだー！」

「必ず戻って来いよー！」

「いつまでも待ってるからなー！」

試合の熱気が残った会場の、ほの温かい空気に包まれながら、十喜子は固く手を握りしめていた。

——菜美絵さん。ほんまにそれでええのん？

今が旬の選手が引退を決意するのだ。そこには、相当な葛藤があったはずだ。

人いきれの中、十喜子の心はしんと静まり返っていた。

「十喜子ちゃん。ほら……」

ママが人垣の向こう側を指さした。

見覚えのあるハンチングが、壁際に見えた。

「諸口さん……」

こちらに向かって会釈する圭介に、十喜子は顔を背けていた。

「最初にボタンをかけ違たんやなぁ。いっぺん全部ボタンを外して、もっかい一番上から掛け直してもええんちゃう？　それが菜美絵ちゃんの心意気への答えやと思うけど」

何もかもお見通しのママに、十喜子の心は千々に乱れていた。

確かに、菜美絵には母親として嵐の成長を見届けて欲しいと思っていた。

子供はすぐに成長し、母親を必要としなくなる。

だからこそ、今を大切にして欲しいと。

その一方で、女子プロレスラーという生き方は、菜美絵にとってはただの仕事ではなく、彼女そのものであり、菜美絵を内側から支えている血肉のようなものだ。

子供の頃、家庭に恵まれなかったという劣等感を闘争心に変え、菜美絵は戦っている。

そう理解したからこそ、十喜子も腹を据えて、菜美絵の代わりとなって嵐を育てて行こうと決意したのだ。そこに、圭介が入る隙間はない。

「そんなん……。そんなん、無理です」

激しく首を振った。

「今さら別の人と一緒に暮らすのん、無理……」

ママは溜め息をついた。

「進の奴、自分が逝く時に、十喜子ちゃんの心まで持って行ったんやなぁ。あの世に……」

壁際にいた圭介は、いつしかそっと姿を消していた。

顔らしき物があった。

大きな丸と小さな丸が幾つも描かれ、その真ん中に黒と赤に塗り分けられた一際大きな
鶴川先生がニコニコしながら、「これ、何だと思います？」と一枚の絵を見せる。

十喜子を見つけると、嵐が駆け寄ってきた。

「おばーたん！」

＊

「試合中のお母さんやな」

そう言うと、嵐は嬉しそうに笑った後、俯いて身体をくねくねさせ始めた。

「なに、照れてるん？」

「さっき、お迎えに来られたお父さんが、嵐くんのお母さんの絵を御覧になって、『かっこええなー』と褒めてらしたんです。良かったわねぇ、嵐くん」

四月。

学年が一つ上がって、同じクラスには新しい園児も入園してきた。

「今日のご飯はどないしよ？　お父ちゃんのたこ焼きか……。それとも、おばあちゃんのご飯か。どっちがええ？」

「んっとね、んーーーっとね……」

困ったように黒目をきょろきょろさせる。

「久しぶりに、たこ焼きにしよか。今日は平日やし、そんなに混んでへんやろ。ピンクのご飯と天ぷらも作ってもらおな」

電車が見たい嵐の為に遠回りして、手を繋いで阪堺線の軌道沿いの道を歩き、追い越してゆく電車に手を振る。

親子三代で営業しているパン屋で明日の朝に食べるパンを買い、適当な場所で角を曲がると、商店街のアーケードは目の前だ。夕飯の買物に訪れた人で賑わう通りは、まだ明るく、改めて季節が巡ったのだと知る。

豆腐屋の向こう側に、たこ焼きと書かれた赤い提灯が見えた。

店先には看板がわりに、マスクにリングコスチュームを身に着けた菜美絵の等身大パネルが立てかけられ、訪れた客に睨みをきかせている。ファンの間では「元女子プロレスラー・ストーミー前橋の店」と知られ、評判は瞬く間に広がり、休日には行列ができるほどの盛況だった。

「いや、満員やわ」

細かい桟越しに店内を見ると、まだ外は明るいというのに酔客達が集まり、盛り上がっていた。

天ぷら鍋の前に颯が立ち、空の瓶ビールとグラスを手にした菜美絵が、壁に背中をつけるような体勢で、カウンターに座った客達の後ろを移動している。

十喜子に気付いた菜美絵が戸を開けた。嵐が「おっかあ！」と、その脚に飛びつく。

「すいません。もう少ししたら、空くと思うんすけど……」

「ほんなら、その辺一回りしてくるわ。嵐、お母さんにバイバイして」

グズるかと思ったが、あっさりと十喜子について来た。

――菜美絵さん、ちょっと痩せたわね。

表に立って十喜子達を見送る菜美絵から、現役時代のオーラが薄れているのに気付く。

十分ほどうろうろした後、戻ってきてそっと店内を覗いたが、席は空いていない。

「どないしよ、嵐。佳代ちゃんとこに行こか？」

「……」

「たまには『ひまわり』に行ってみる？」

「……」

どちらも、今の気分ではないらしい。

「カウンターに一つだけ席が空いてるから、おばあちゃんの膝に乗って食べよか……。あ、ちょっと待って。電話やわ。あれ、珍しい。もしもし……」

相手は香織だった。

近くまで来ていて、家に寄っても良いかと聞いてくる。

「せっかくやから、お茶せえへん？」

待ち合わせ場所を決めると、店の戸を引き、カウンターの空席に嵐を座らせた。

「ちょっと頼むな」

「えーーー！　今、めっちゃ忙しいんやけど。嵐の相手してる暇ない」

颯が抗議の声を上げた。

「かまへん、かまへん。おっちゃんが相手したる。とっこはん、行っといで」

空席の隣には、「フォトスタジオ住吉」の老店主が座っている。

「ぼん。ちょっと見ん間に大きなったなぁ」などと言い、ポケットから取り出した輪っかで、手品を始めた。

嵐が手品に気を取られている隙に、十喜子は通りへと出た。商店街を横断する道から小道へと入り、「くろや」の角を曲がる。

指定した店の、表の窓に面した席に香織は座っていた。

「この店、いつもテイクアウトで利用してるだけで、前から中で食べたいて思てたんよ」

木製のガラスケースの中には、丸いケーキスタンドが幾つも並んでいた。店主の手作りのタルトタタン、白いクリームに包まれた苺（いちご）のタルト、チーズケーキはどれも美味しそうで、目移りがする。

「私はレモンケーキとカフェラテで」

お手並み拝見とばかりに、香織は最もシンプルなお菓子を選ぶ。

十喜子は夕飯がわりに、野菜とチーズが入ったパイにした。

「それと、タルトタタン。飲み物は……香織さんと同じのんにするわ」

注文した品が運ばれるまでの間、香織と並んで座ったテーブルから通りを眺める。向かいにも喫茶店があり、そちらは昔ながらのホットケーキが美味しいと評判だった。

「ここ、私が高校生の頃はお蕎麦屋さんで、かけうどんが二百円、かやくご飯が百円で食べられた。学校の帰りにバイトに入る時、かやくご飯だけ注文して、それでお腹ふくらましてたんよ。女子高生やから大目に見てもろてたけど、サイドメニューだけしか注文せえへんねやから、迷惑な客やよね。暫くして、お好み焼き屋に変わって、その店が潰れた後は暫く空き家になってた」

出汁やソースの匂いが染み込んでいたであろう壁は今、白く塗られている。ふんだんに木が使われた内装に似つかわしく、繊細な葉が美しい観葉植物や、可愛らしい花を咲かせる鉢が飾られていて、当時の面影は、ここにはない。それなのに、何故か懐かしい。

注文したケーキと飲み物が運ばれてきた。バニラアイスを入れた銀色の器がサービスでついている。

「諸口さん、お店を畳むそうです」

ケーキを食べ終えたところで、香織がポツリと言った。

「えっ！」

「もう何年も前から考えていて、決心したそうです。郷里にお帰りになるんですって」

「そうなん。残念やけど……、ご両親は安心やろね」

店のオープンに際して、圭介には本当に世話になったのだ。本当なら「たこぐち」を訪ね、もう一度礼を言うのが筋なのに、果たせないまま今に至っている。

「いいんですか？　十喜子さん」

思いの外、鋭い香織の声が胸を突く。

「何のこと？」

暫し見つめ合った後、香織が口を開いた。

「私、諸口さんとは、かれこれ十五年ほど前に出会いました。当時、私がバイトしていた喫茶店のオーナーが、諸口さんが働いていた店と懇意で……。開店したばかりの『たこぐち』も、オーナーに連れて行ってもらいました。その時、オーナーは私を諸口さんの結婚相手にと考えていたようで……」

「結婚相手って、当時の諸口さんは四十歳ぐらいやったでしょ？」

対して、香織は二十歳になったかどうかという年頃だ。

「ええ、もう完全にオーナーの一人相撲で、私も諸口さんも困ってしまって……。その時に、諸口さんは『忘れられない人がいるので、誰とも結婚しません』と仰ってました。オーナーは、その女性が離婚した奥さまだと考えていたようでしたが、そうじゃなかったんです」

香織は咳払いをした。

「その女性とは、タイミングが合わないまま疎遠になってしまったらしくて……。ある時、私が友人を連れてお店に行った時、何気なく聞いてみたんです。その女性のこと。『僕は、できたらあの頃に戻りたい。あの頃に戻って、あの女性と一緒に生きる道を選びたい』と呟いたのを、よく覚えてます」

鼓動が速くなる。

「私、酔った勢いで、どんな素晴らしい女性なのかと、諸口さんに根掘り葉掘り聞いたんです。住吉大社のお祭りに連れて行ってくれたとか、一緒にたこ焼きを食べたり、近くの商店街で焼きそばをご馳走してもらったり……。本当に楽しかったって」

そして、十喜子の目を覗き込んだ。

「これ、十喜子さんの事ですよね?」

「香織さん、いやに熱心に『たこぐち』を推してたよね? もしかして最初っから……」

「まさか……。住吉大社の近くに住んでいて、諸口さんと同世代で、たこ焼きや焼きそばが好きな女性なんて、幾らでもいるでしょうから……。こんな偶然ってあるんですね? いえ……。やっぱりお二人はご縁があったんだと思います」

焦れたように、香織が泣き笑いの表情をしてみせた。

「ねえ……、十喜子さん。今なら、まだ間に合いますよ」

「間に合うも何も、最初っからどもならん間柄なんよ」

スプーンで、カップに残ったカフェラテをかき混ぜる。

「私は進くんを選んだ。諸口さんは別れた奥さんを選んだ。それは変えようのない事実やし、片割れ同士が今さら一緒になって、上手いことといくとは限らん。綺麗な思い出は、綺麗なまま置いといた方がええんよ」

かすれた声が、頭の中から染み出してきた。

大阪で生まれた女やさかい
この街を守りたい
大阪で生まれた女やさかい
この街で何かを探してた

十喜子は大阪で生まれ育って、一度も他所で暮らした事がない。他の場所で暮らす自分など想像もできないし、故郷に戻るという圭介を、今さら惑わせる方が罪だ。

窓の外は、すっかり暗くなっていた。随分と暖かくなったと思っていたが、まだ夜は肌寒い。

「あら？　どないしたんやろ」

窓の外に「フォトスタジオ住吉」の店主の姿が見えた。何かを探すようにきょろきょろしており、十喜子に気付くと外から合図を寄越した。

親指を立て、店の方を指さしている。

どうやら、店の方が忙しいようだ。

十喜子を呼び戻すのに、電話をする間もないぐらい——。

「香織さん。そろそろ、行きましょか」

十喜子は先に立ち上がると、「お愛想、お願い」と店主の女性に声をかけた。

【参考文献】

『たこ焼繁盛法』　森久保成正　旭屋出版　二〇一七年三月
『レスラーめし』　大坪ケムタ　ワニブックス　二〇一九年一月
『引きこもりでポンコツだった私が女子プロレスのアイコンになるまで』　岩谷麻優　彩図社　二〇二〇年九月
『弁天橋南商店街女子プロレス‼』（全2巻）　タカスギコウ　少年画報社　二〇一九年八月（第1巻）　二〇二〇年六月（第2巻）
『関西の粉もん　お好み焼き、たこ焼き、焼きそばｅｔｃ．有名店から注目店まで、愛すべき名店全１３２軒』　ぴあ　二〇一九年三月
『料理通信』　二〇一八年十一月号
住吉大社公式サイト　http://www.sumiyoshitaisha.net/
住吉大社の門前町　粉浜商店街公式サイト　http://www.kohama-shoutengai.com/
たこりき公式サイト　https://www.takoriki.jp/
＊この他、多くの文献やウェブサイトを参考にさせて頂きました。

●本書はハルキ文庫の書き下ろしです。

大阪(おおさか)で生(う)まれた女(おんな) たこ焼(や)きの岸本(きしもと)❸

著者 蓮見恭子(はすみきょうこ)

2021年5月18日第一刷発行

発行者 角川春樹

発行所 株式会社角川春樹事務所
〒102-0074 東京都千代田区九段南2-1-30 イタリア文化会館

電話 03(3263)5247(編集)
03(3263)5881(営業)

印刷・製本 中央精版印刷株式会社

フォーマット・デザイン 芦澤泰偉
表紙イラストレーション 門坂 流

ISBN978-4-7584-4409-5 C0193 ©2021 Hasumi Kyoko Printed in Japan
http://www.kadokawaharuki.co.jp/[営業]
fanmail@kadokawaharuki.co.jp[編集] ご意見・ご感想をお寄せください。

JASRAC 出 210309016-01

蓮見恭子の本

たこ焼きの岸本

大阪の住吉大社近くで、亡き夫から引き継いだ「たこ焼き屋」をひとり営む岸本十喜子(ときこ)。十八歳で家を出て行った息子は行方知れずのまま。だが、特製玉子サンドと珈琲が美味しい、カーリーヘアで豹柄ミニスカートの喫茶店のママ、子供食堂を併設した「キッチン住吉」の佳代など、商店街の皆と、身の回りで起きる事件を解決していく。熱々で美味しいたこ焼きが人々の心を優しく和らげる、どこか懐かしく温かく笑える下町人情物語。書き下ろし。

ハルキ文庫

蓮見恭子の本

涙の花嫁行列
たこ焼きの岸本2

昭和五〇年代春、高校生の十喜子は大阪の住吉大社の近くのお好み焼きと焼きそばのお店「フクちゃん」でバイトに励んでいた。真面目な彼女の前に、突如現れたのが、歌手になるのが夢だという大学生の岸本進。商店街イチの男前で、とにかく女にモテる。十喜子はこんなええ加減な人、好みとちゃうからと思いながらも、なぜだか魅かれていって……。二〇二〇年大阪ほんま本大賞を受賞した『たこ焼きの岸本』、待望の第二弾。笑いあり涙あり、美味しい食ありの昭和の大阪人情物語。

ハルキ文庫

蓮見恭子の本

ガールズ空手 セブンティーン

空手部の選抜出場を応援する校内ポスターが、何者かによって破られた。それは掲載されている主将・結城の写真を狙っての犯行だった。だが目撃者の証言によると、犯人は彼女本人だという。その場にいたはずもなく、犯行に全く身に覚えのない彼女は、あることをヒントに真相に気づくのだが……(「被写体は初夢の彼方に」より)。驚愕のラストが待ち受ける青春ミステリー(解説・西上心太)。

山口恵以子の本

恋するハンバーグ
食堂のおばちゃん2

トンカツ、ナポリタン、ハンバーグ、オムライス、クラムチャウダー……帝都ホテルのメインレストランで副料理長をしていた孝蔵は、愛妻一子と実家のある佃で小さな洋食屋をオープンさせた。理由あって無銭飲食した若者に親切にしたり、お客が店内で倒れたり——といろいろな事件がありながらも、「美味しい」と評判の「はじめ食堂」は、今日も大にぎわい。ロングセラー『食堂のおばちゃん』の、こころ温まる昭和の洋食屋物語。巻末に著者のレシピ付き（文庫化に際してサブタイトルを変更しました）。